无锡旅情

徐诚东 徐辉强 著

江苏凤凰文艺出版社

目 录

园林寄畅
002　无锡古典园林
013　无锡近代园林

湖山胜迹
022　"太湖佳绝处"——鼋头渚
033　寄畅春秋——寄畅园
048　锡惠胜境——锡惠公园
059　解码荣氏——梅园
067　叩问陶朱——蠡园
077　华夏第一公园——城中公园
086　秦毓鎏的退隐之所——佚园
092　杨味云的安乐窝——云薖园
098　万古灵迹——善卷洞
106　寻访周朴园——周新古镇
119　无锡旅情——南长街和古运河

文脉留香

130 "吾道南矣"——东林书院
136 "东坡宜兴"——东坡书院

地灵人杰

144 晚清第一官宅——薛福成故居
151 "电气大王"的家——祝大椿故居
155 钟情诗书——钱锺书故居
159 学贯中西第一人——顾毓琇纪念馆
164 无锡飞来院——荣毅仁纪念馆
170 二泉月正明——阿炳故居
175 一门三杰——刘氏兄弟纪念馆
182 问道游圣——徐霞客故居

佛光禅韵

192 人间佛地——灵山胜境
201 星云大师在宜兴——佛光祖庭大觉寺
207 唐风禅韵——拈花湾

园林寄畅

无锡古典园林

山温水暖的江南，孕育了秀美典雅的江南园林文化。苏扬园林已然是天下闻名，同样位于江南腹地的无锡，园林之美如藏深闺，至今无人识其全貌。"江南园林，明看苏州，清看扬州，民国看无锡。"一代园林大师陈从周先生如是说。

·山水襟怀·

捧读无锡画卷，滚滚长江波澜壮阔，奔腾入海，逶迤于北，浩渺太湖包孕吴越，碧波万顷，盘桓于南。春秋战国以前，惠山东北古有大湖碧浪滔天，一名"芙蓉"，一名"上湖"，"北掩晋陵，苍苍渺渺"，规模之巨淹泛半个太湖。春申君黄歇有大禹之风，振臂筑圩引渠，疏浚八方水道，贯通长江太湖，方得良田万顷。如今，古芙蓉湖早已消失在历史的尘埃之中,唯留下芙蓉镇(武进)、芙蓉圩(惠山玉祁)、芙蓉山(锡山东北塘、八士)、莲蓉桥(北塘)等记录着历史过往。

太湖的性格是内敛的,八方之水汇聚于此,长江的脾气是外向的,浩浩荡荡奔流不息。唯有无锡,独享襟江带湖之福,唯有无锡人,秀外慧中,收放自如,深具内外兼修的儒雅气度。

穿城而过的新老运河,牵手纵横交错的水道,长江如父,太湖如母,他们紧紧地依偎在一起,永生永世呵护一方土地,生生不息。水是氤氲江南的精气神,更是无锡千年不衰的文脉源泉。

锡地诸山,既无北方山脉的雄奇厚重,也无西南山势的逶迤连绵,看似随意点缀的低山、缓丘,大多分布于无锡的西南部,天目山余脉与马山群岛、梅梁湖十八湾、惠山山脉在这里相遇,形成了锦绣画卷般的山水屏帐。

无锡境内诸峰之冠为惠山三茅峰,虽仅三百余米,然林壑秀美,清泉涧流,人文荟萃,代有吟咏,令惠山得享"江南第一名山"之誉。

锡山不足百米,俗称无锡老城靠山。被百姓尊为文峰塔的龙光塔伫立山巅,见证了无锡这座千年古城优秀儿女英才辈出的传奇历史。

太湖自古有四十八岛、七十二奇峰之说,千峰竞秀,氤氲空蒙,水天一色,形成太湖独特的湖岸线。无锡南犊山、中犊山、北犊山、十八湾、马山诸峰,荟萃无锡南部山水俱胜的"太湖佳绝处"。太湖这位秀丽俊朗的吴地佳丽与纤柔婉约的杭州西湖相比，更显健美洒脱。

鼋头渚风景区充山东麓鹿顶山巅，有三层八角重檐塔形楼阁名"楚天阁"，为登高远眺太湖全景，守望日出、相伴日落的观景胜地。此阁与锡山龙光塔、老城南禅寺妙光塔，互为鼎足，福佑无锡。"太湖第一峰"雪浪山南濒太湖，宋代蒋重珍在此结庐读书，成为无锡历史上第一位状元，山有横山寺始建于北宋，清代另一位状元顾皋题写山门。

·千年蕴化·

无锡有文字记载的历史，始于三千一百多年前的商末，无锡古典园林的历史，始于一千六百多年前的南北朝。

天下名山僧占多，无锡园林也不例外。南朝以前，无锡园林传说或野史流传颇多，但缺乏详细的历史记载和遗址考据，因此将南朝寺观园林遗存作为无锡园林研究的肇始较为妥当。

南朝时期，朝野上下，崇尚佛教，寺庙建设如雨后春笋，"南朝四百八十寺"，描绘了江南名刹盛况。无锡著名寺观园林，至今保存完好的有两处，一是位于城西的惠山寺，二是位于城南的南禅寺。

唐宋年间的马山祥符寺和"十八湾"华藏寺，同样是寺观园林的经典案例。

南宋以后无锡园林以乡野别墅居多，梁溪河畔，抗金名将李纲建"梁溪居"，礼部尚书尤袤筑"乐溪居"。归隐知县钱绅于五里湖畔、宝界山麓建山林别墅，闲暇时，种植松竹，修筑亭台，置俸鹤田，放养白鹤。钱绅在山中觅得一股寒泉，饮之清冽甘甜，遂挖井建亭，取名"通惠"，又于宝界山坡植桃树千株，安享着世外桃源般的生活。明天顺八年喜中进士的陈宾，从吏部考功司主事，擢升稽勋郎中。其考察官员不徇私情，更不阿谀奉承上司，被排挤外放山西，因口碑良好升任福建布政使，致仕回乡，隐居宝界山，自号"晋庵居士"，品性高傲的陈宾自诩梅花，在宝界山植梅百株。明正统三年考取进士，历任户部主事、东驾郎中、广东佥事的王问，因遭弹劾，辞官返乡，买下钱绅别墅，改筑"湖山草堂"，以诗画自娱。王问之子王鉴，明嘉靖四十四年中进士，官至吏部稽勋郎中，为伺候老父，托病辞官，与父亲共同生活在宝界山麓。这就是无锡著名的宝界山麓四进士，构筑别墅园林的历史故事。

明清时期，无锡造园之风遍及城乡，从宅园、墅园到书院园林、诗社园林、寺庙园林、祠堂园林等，呈烂漫盛开之势，无锡西部惠山山林周边尤盛。

·人文典藏·

惠山寺前身"历山草堂"，为南朝刘宋王朝司徒右长史湛挺建于惠山东麓的别墅园林，后施舍给佛徒使用，改名"华山草堂"，

"历山""华山"均为惠山别名。南朝梁时，寺庙大幅度扩建，"大雄宝殿""大同井"等建筑应运而生。唐宋年代，寺庙再次扩大，香火旺盛，惠山寺呈现规模化、园林化格局。

如今的古华山门两侧分别有建于唐代的"石经幢"和宋代的"神咒幢"，乃佛门镇寺之宝，全国重点保护文物。金刚殿、日月池、香花桥、天王殿、金莲桥池、乾隆御碑亭、大钟亭、唐代听松石床、明代古杏、龙眼泉、大同殿等古迹遗址，见证了惠山寺源远流长的人文历史。

始建于南朝梁武帝太清年间的南禅寺，先后有护国寺、灵山寺、福圣禅院之名，北宋崇宁年间始建妙光塔，明初南禅宝塔被列入锡山八景之一。

一千年来，南禅寺几经兴废。荣氏家族慈悲为怀，急公好义，出资修复禅院。二十世纪八十年代，政府花巨资对明代塔身进行大修，历时三年。二十世纪九十年代，南禅寺整体改扩建，新建天王殿、大雄宝殿、藏经楼、东西侧殿、塔院等。尊为"江南最胜丛林"的南禅寺，冯其庸有对联曰："古寺最清幽竹荫松涛流水一湾绕南郭，禅关唯寂静钟声铃语浮屠七级对西神。"

以惠山寺、南禅寺为代表的寺观园林见证着无锡古典园林的兴起与繁荣。

无锡古代寺庙，大多依山傍水，"曲径通幽处，禅房花木深"，以松声泉韵修云水禅心。

泰伯奔吴，开创了灿烂的吴地文明，也酝酿了金戈铁马的吴越

惠山寺

争霸，穷兵黩武的吴王夫差惨败于多年的手下败将越王勾践，梦断阖闾王城。聪明智慧的吴人从劫难中洞悉了生命的真谛，崇文尚儒成了时代主流。东晋以降，江南经济地位日益提升，在南北对峙的三百余年间，北方战火连年，百姓民不聊生，南方却在诗酒与佛法中品读魏晋遗风的洒脱，中原礼仪与江南才情相濡以沫，造就出无锡水乡特有的气质与灵性。

"江南好，风景旧曾谙。日出江花红胜火，春来江水绿如蓝，能不忆江南?"从此,"江南"一词,念在嘴边,便带着一种浪漫,它不再是纯粹的地域概念,而是响亮的文化品牌。

北宋年间,无锡知县张诜始建无锡县学,这座史载无锡第一所官办学府,位于钱锺书故居东南,曾名学宫、儒学、庙学等,沧桑变化,如今仅存戟门、明伦堂、讲堂等三幢建筑。历时近千年的无锡县学,培养了北宋抗金名将李纲、南宋诗人尤袤等。官至礼部尚书的尤袤,致仕回乡后在惠山山麓建锡麓书堂,出生于胡埭蔡村的蒋重珍,无锡历史上第一位状元,为其得意弟子。

明清两代是科举时代的黄金时期,是无锡文化教育的鼎盛时期。据不完全统计,明清两代无锡拥有书院、学社、私塾等八百余所,遍及城乡四面八方。比较著名的有四大书院:南部蒋子书院,由无锡第一位状元蒋重珍开设于雪浪山麓;西部安阳书院,位于无锡市阳山中学老校址内;城西惠山脚下二泉书院,由明代著名学者邵宝辞官归乡后于惠山寺听松坊开设,以及赫赫有名的东林书院。

东林书院创建于北宋政和元年,暨公元1111年,是著名的北宋理学家杨时长年讲学的地方。今人大多不识杨时,但其"程门立雪"励志求学的典故却是家喻户晓。明万历年间,东林学者顾宪成、高攀龙等人在书院废址上重建并聚众讲学。在大明王朝内忧外患、积重难返的年代,貌似柔弱的无锡士子于东林书院发出振聋发聩的宣言:"风声雨声读书声声声入耳,家事国事天下事事事关心。"从此成为数百年来一代又一代知识分子的座右铭。

以无锡县学、东林书院为代表的书院园林是无锡古典园林的重要组成部分。

京杭大运河蜿蜒南行，至无锡老城黄埠墩开了一条分支，直抵惠山脚下，青山绿水间，千百年来惠山浜依旧，一座座精致古朴的古祠堂写满了曾经的繁华与落寞。那细致传神的砖雕，精巧镂空的窗棂，高低错落的马头墙，以及磨得透亮光莹的石板路，让无锡这座水做的江南古城平添几分诗意与伤感。

在这不足方圆四里的古街深处，竟藏着百余座不同时期的古祠堂，从一千六百年前的南朝，到无锡解放前夕，这些苍凉廓落、风格迥异的老建筑组成了中国极为罕见的江南古祠堂群，其艺术价值与文化价值令人惊叹。

惠山祠堂分行祠、庙祠、神祠、先贤祠、墓祠、寺院祠、宗祠、专祠、忠孝节义祠、园林祠、书院祠、行会祠等十二大类。功能各异的祠堂各司其职，共同塑造名门望族、孝子贤孙古老的精神图腾。

华孝子祠，位于惠山"历山草堂"西南附近一个名叫"华坡"的台地上，原为华氏祖宅，元代搬至现址重建。祠堂是后人为纪念东晋孝子华宝所建，主要建筑有承志楼、承泽池、溯源桥、遗荫树楼等。华孝子祠讲述了一个凄美而又忠义的故事。华宝八岁，其父受命服役，戍守长安，临行前告诫并约定儿子："我在归来之时，亲自为你娶妻成家。"然而父亲不幸战死沙场。儿子华宝信守父约，七十岁还梳着童子发髻，誓不婚娶，乡邻问其缘由，华宝不言唯号啕大哭。

地方百官将其事迹上报朝廷，齐高帝萧道成十分感慨：乱世之秋,朝廷百官尚且朝三暮四,平民华宝却能守信如此,堪为榜样,遂下令建祠祭祀。

位于惠山上河塘20号的潜庐,是无锡民国四大家杨宗濂建于清末的墅园,主要建筑名留耕草堂。嗣后,杨宗濂在潜庐以西,面对秦园街建祭祀父亲杨延俊、母亲侯太夫人以及叔父叔母的祠堂,因四人均有朝廷诰命封典,故称四褒祠,潜庐遂成四褒祠后花园。留耕草堂为国家级文物保护单位。

潜庐占地二余亩,坐北朝南,正对惠山浜,主要建筑共三进,第一进为门厅及戏台,第二进为主厅留耕草堂,第三进为起居室"丛桂轩"。一、二进间设天井,二、三进间有庭院。祠园内小桥流水,亭台错落,山石玲珑,花木扶苏,是无锡祠堂园林中的佳作。

惠山周边的古祠堂群是无锡独特的文化遗产,不仅是古典园林的奇珍,而且可称为国之瑰宝。

"独携天上小团月,来试人间第二泉。"总觉得苏东坡此诗是描绘无锡惠山天下第二泉最妥帖的句子了。天下第二泉本名"惠山泉",因唐代僧人惠照客居于此而得名。"茶圣"陆羽在评点天下名泉时,有幸将惠山泉列为庐山康王谷洞帘水之后的第二名,故又名陆子泉。一时间下至寻常百姓、文人墨客,上至皇帝权臣,趋之若鹜,无锡"天下第二泉"的声名远扬。

最使天下第二泉闻名中外的,当属形单影只、茕茕孑立的瞎子阿炳了。孤独一生的阿炳终身不离左右的是父亲留下的破旧胡琴,他漂泊浪迹于喧嚣的滚滚红尘中,只有在惠山脚下、二泉泉庭才找到心灵的归宿。那首被全球著名指挥家小泽征尔誉为"应当跪下来听"的曲子成名之前，阿炳早已孤寂地离开这个世间，他悄悄地来，静静地走，没带走只言片语，却留下千古绝唱《二泉映月》。

天下第二泉泉庭及刻石占地仅八百零五平方米，主要建筑有陆子祠、二泉亭、漪澜堂，二泉亭内有圆形上池及方形中池，漪澜堂旁为长方形下池。

二泉庭园，因泉构园、因水成景，至清乾隆年间，形成精致典雅的现存格局，庭园结合自然地形随势布置，起伏跌宕，假山步道、湖石奇峰各得其妙，2006年被列入全国重点文物保护单位名录。

寄畅园是无锡古典园林之翘楚。它东临秦园街，俯首可见惠山浜，抬头仰望锡山近在咫尺，西倚惠山山坡，与天下第二泉相距不远，南接深山古寺惠山寺，北靠听松坊。

寄畅园初称秦园，不足十五亩，创建于明中叶，四百余年一直在秦氏族中留传。历代造园主及能工巧匠精雕细琢，去芜存菁，终于使该园成为享誉江南的一代名园。就连远在京城的康熙、乾隆也分别六下江南，七次驻跸，实为大清皇帝巡视无锡的行宫。

寄畅园幽雅闲静的文人意境堪称经典，就连乾隆皇帝亦为之倾倒，敕令颐和园中仿建"惠山园"。

寄畅园的布局因地制宜，以中国画写意之境筑山理水，利用院内西北的案墩山，因势造坡，掇石叠山，筑就著名景点八音涧，引二泉水入园，蜿蜒跌宕，穿过假山群汇至锦汇漪，平添了园林的气韵与音律。以近五分之一的面积挖人工湖锦汇漪于东，将主要建筑布置湖面周围，用亭、台、楼、阁、廊、桥、轩、榭串联主要建筑，疏密有致，高低错落，步移景异，将江南古典园林"平冈小坡，曲岸回沙"的造园手法用到了炉火纯青的地步。

寄畅园花木扶苏，枝繁叶茂，繁花似锦，假山奇峰层峦起伏，错落有致，可传文人山水画之妙境，删繁就简，各自成景，相互映衬，一亭一榭，看似随意，别具匠心，小到地面拼花、围墙漏窗，大到山势水形、建筑尺度，无不推敲计较，精益求精。

这是一座永远读不厌也读不透的江南古典园林经典之作。

无锡古城得山水独厚，乘江湖灵气，其古典园林浸润文脉，师法自然，为我国江南古典园林的一脉奇峰。

无锡近代园林

晚清以来是无锡近代园林的辉煌时期。无锡园林逐渐走向更加广阔的自然山水，也更加贴近锡城百姓的日常生活，并且呈现中西合璧的艺术特色。

·工商溯源·

无锡近代园林的崛起，与无锡近代工商业的崛起密不可分。

历史上，京杭大运河的开通，漕运业的快速发展，使无锡这座江南小城成为"商旅往返，船乘不绝"的"米码头""布码头"，是名副其实的"小上海"。

近代无锡面对列强凌辱、内忧外患的现实困局，沐浴在"风声雨声读书声声声入耳，家事国事天下事事事关心"中的仁人志士，选择了担当，选择了奋起，选择了实业救国的道路。

无锡近代工业正是在这种历史背景下发展起来的。北门旗杆下杨宗濂、杨宗翰兄弟，率先在无锡兴办"业勤纱厂"，它是中国第一家民办纱厂；西郊荣巷荣宗敬、荣德生昆仲，创办茂新面粉厂；南门伯渎港祝大椿兴办米厂、面粉厂；杨墅园匡村匡仲谋创办亨吉利布厂；东绛周舜卿开办裕昌丝厂等企业。以棉纺织业、缫丝业、面粉加工业为三大支柱的无锡近代工业如雨后春笋般兴起，并快速辐射至上海、武汉、天津、广州等港口城市，乃至海内外。

勤劳智慧的无锡人抢抓机遇发展工业，成为国内民族工业发展最快和民族工商企业较为集中的城市，美丽的无锡也被公认为中国民族工商业发源地之一。这些民族资本家在完成资本积累的同时，归隐故乡，回馈社会。太湖边、惠山下、老城里留下了他们修筑的一座座别墅式私家园林。

·名园掠影·

这些德才兼备的工商名家，留下了很多的近代私家园林，德泽后人。

梅园："淡淡梅花香欲染"

梅花开放，春临江南，无锡梅园这处赏梅胜地，原为荣氏私家园林，它由无锡荣氏先贤、工商先驱荣德生兄弟于民国元年创建。

宅心仁厚的荣德生先生以博大的胸怀"为天下布芳馨"，在东山、浒山山坡，遍植梅花。如今的梅园已成为江南赏梅胜地、无锡著名山水名园，被列为全国重点文物保护单位。

坐拥真山假水的荣氏梅园，春到山林，千里飘香，令人醉入梅花丛中。梅花山中登高远眺，近处的管社山、犊山，远处的五里湖、太湖，尽在眼底。"假水"实为假借大山水形成梅园的背景，匠心独运。

锦园："阳春召我以烟景"

荣德生之兄荣宗锦先生六十大寿，买地二百五十亩，在梅园西南的小箕山湖湾，建造私家别墅"锦园"。这座以荣宗锦之"锦"命名的"锦园"，广植荷花、桂花，是盛夏时节观湖、听荷、赏月的世外桃源，其主要建筑有荷轩、嘉莲阁、望湖亭、云帆楼、明漪楼等。二十世纪五六十年代，毛泽东主席视察无锡曾下榻于此，故有"国宾馆"之称。

小蓬莱山馆："忽闻海上有仙山"

太湖中犊山，现为太湖鼋头渚风景区范围。岛上是江苏省无锡工人太湖疗养院，其南部"小蓬莱山馆"，正对三山，风景佳绝，于幽静中别有壮伟之观。此楼为梅园始祖荣德生叔父——工商企业家荣鄂生所建。

梅园东去不远的荣巷西浜头，原是荣氏祖居之地。今辟有荣毅仁纪念馆，馆内保留了转盘楼、承馀堂、修身为本堂、承德堂、大公图书馆等荣氏老宅。

纪念馆由近代民居、民国图书馆、北京四合院、当代中式展览建筑等四种不同时期、不同风格的建筑组合而成。新老建筑间新辟了精巧典雅的江南园林，使整组建筑群变化灵动、浑然一体。荣毅仁纪念馆为荣巷历史街区精华部分，是无锡荣家又一座精致典雅的当代园林。

蠡园："一色水天浑不接"

二十世纪二十年代，在上海与荣家合作投资面粉企业发迹的青祁人王禹卿，选择有"青祁八景"盛名的五里湖畔置地建园，既为纪念商圣范蠡，更是学习范蠡功成身退，回归故里，转行投资湖滨饭店，再创一番事业。多年后其子王亢元子承父业进一步扩建蠡园，将饭店生意做得风生水起。王禹卿妻弟陈梅芳，同在上海经营呢绒致富后回到家乡，在姐夫兴建的蠡园旁新建渔庄，又名"赛蠡园"，该园以透迤玲珑的假山群取胜。中华人民共和国成立后，地方政府合并两园仍名蠡园，将湖滨饭店及其庭园单独划出，改建临湖千步长廊。如今的蠡园，已成为无锡蠡湖湖畔欣赏蠡湖盛景，品味江南柔情的秀美园林。

坐拥真水假山的蠡园和渔庄，凭风光旖旎的蠡湖而名于世，又堆叠假山，植于周围的水环境中，俨然是湖石抬升裸露，使整体环境柔美中有骨力。

同一时期，时任陇海铁路局局长的徐谋燕，从经营铁号致富的工商业主陆培之手中购得惠山南麓东大池，建风景区，又名"燕居池馆""燕庐"，有白沙泉、游泳池、翠楼饭庄、燕居池馆等景点，景区入口刻石"燕庐"二字，由徐世昌题写。

·私家园林·

明清时期的城中园林式宅邸盛极一时，历经战火的洗礼和家族的盛衰，逐渐凋零殆尽。近代无锡私家园林的滥觞繁荣是无锡园林的主要特色，传达着与时俱进、中西合璧的建筑理念。

曾为旧上海十大民族工商业家之首的祝大椿号称"电器大王"，花甲之年，荣归故里，热衷公益，兴办学堂。这位被北洋政府嘉奖的红顶商人，将位于伯渎港畔的祖宅改建成私家园林。"祝家花园"主室正堂为江南不可多得的木结构建筑，体量之高大，用料之讲究，装饰之精美，相当罕见，具有很高的艺术价值，颇有几分杭州元宝街胡雪岩故居的味道。

无锡老城城西有座别具一格的私家园林"云薖园"，园主杨味云一生亦官亦商。晚年的杨味云掌舵雄居北方的家族企业——华新纺织资本集团。多年的洋务运动生涯使他较早地接受西学，其修建的云薖园，洋溢着典雅的西洋建筑情调。这座融晚清民居、西洋建筑、中式园林于一体的私家园林，精致典雅，别具一格，虽居深巷，却散发着浓浓的书香味。

杨味云的族祖杨紫渊于鼋头渚风景区北犊山，建隐所管社山庄，又名杨园。二十世纪初，其堂弟杨翰西复建杨紫渊墓及其祠堂，并建万顷堂。嗣后二十年，在鼋头渚南犊山辟地六十余亩，建横云山庄，并募建广福寺、陶朱阁等。杨翰西为鼋头渚公园近代开发建设的第一人。

坐拥真山真水的横云山庄，所抒发的是一种有别于苏州园林的开阔胸襟和包孕万物的气度。这样的园林不在于精巧，贵在与自然山水的高度融合，一幅高水准的自然山水大写意画中，任何多余的人工都显得突兀。

鼋头渚风景名胜区内近代修筑的名人别墅式园林还有王心如、王昆仑父子的七十二峰山馆，陈仲贤的若圃（陈家花园），郑明山的郑园，中犊山陈子宽的子宽别墅，以及位于宝界山东北麓、著名国学大师唐文治建造的茹经堂等。

这些星罗棋布、风格各异的近代私家园林是鼋头渚风景名胜区重要的历史文化遗存。

与众多的商贾巨擘不同，无锡的达官显贵、文人雅士在功成身退或者失意归隐时，大多低调地选择回归老城，择一隅建一园，安享退隐生活。

民国时期无锡首任县长秦毓鎏将祖宅改筑"佚园"，取放下一切，隐居世外之意。这座玲珑精致的私家园林，于方寸之间统筹山、石、泉、瀑等园林要素，轩、廊、榭、堂无一不备，尽显立意之高远，功力之深厚。

晚清外交家、洋务运动先驱薛福成的"钦使第"被誉为"江南第一官宅"。古色古香的晚清建筑群，鳞次栉比的巷陌里弄，精致大气的江南园林，是薛福成故居的鲜明特点。宅院内镶嵌点缀的几间西式小屋，更显主人不凡的官海阅历与人生气度，这座气度恢宏的近代私家园林，在无锡近代园林史上留下浓墨重彩的一笔。

薛福成故居向东的新街巷内有钱锺书故居，占地仅二余亩，正厅"绳武堂"。这是江南民居再普通不过的硬山式民宅，记录了钱锺书的童年、少年、青年时代。

钱锺书故居南行不远还有一处更小的名人宅院，占地一余亩，名"顾毓琇纪念馆"。麻雀虽小，五脏俱全，过厅、轿厅、正厅、书房，一应俱全，内院、围廊镶嵌其间。百年之前，江南人家家居生活场景如在眼前。

无锡老城区比较著名的名人故居园林还有位于崇宁路的秦邦宪故居、秦古柳故居、位于城中公园南侧的阿炳故居、位于汤巷的张闻天故居、位于西河头的陆定一故居等。

·公共园林·

无锡近代公共园林是无锡近代园林中另一个大类，主要由政府及乡绅集资建造，为无锡现代公共园林发展之雏形，比较著名的有两座园林：锡金公园和惠山公园。

锡金公园位于无锡老城中心，建于二十世纪初，曾名无锡公园、公花园，今名城中公园。清光绪三十一年，无锡名流俞仲还、裘廷梁、吴稚晖、陈仲衡等倡议集资，将老城中心古迹废址及周边几座私家花园归并整合，辟建锡金公园。公园占地约五十四亩，无锡老城有无锡县和金匮县两个县衙同时存在，而公园恰好位于两衙核心位置，故取名"锡金公园"。它是国人自己建造的近代城市公园，有"华夏第一公园"之称。

　　惠山公园位于惠山下河塘，由原李鹤章祠改建而成，八亩余地，水体近三分之一，引山色溪光，映文峰宝塔，桥、亭、祠以长廊串联，徽派风格的祠堂与江南特色的园林交融，又称"锡邑第二公园"。

　　无锡近代私家园林及公共园林，是无锡近代园林中最具特色的。数量众多、保存完好的晚清至民国的近代私家园林，中西合璧，是无锡园林区别于其他城市的一大特色。而城市公共园林的出现，更具有平等、开放、包容的现代思想意义。

湖山胜迹

「太湖佳绝处」——鼋头渚

　　充山的一脉山脊，向西北逶迤而行，有巨石状如神鼋，伸入太湖，形成"鼋头渚"。"鼋"（yuán）为龙与龟所生长子，龙头龟身，佑风调雨顺，保地方平安。"渚"（zhǔ）是伸入水中的陆地，无锡太湖沿岸，百渚悠悠，"鼋头渚"最是闻名。临渚观湖，李绅感悟："江湖随月盈还宿，沙渚依潮断更连。"蒋捷慨叹："奈鹭也、惊飞沙渚。"

　　从横云山庄主人杨翰西植下第一株樱花起，百年沧桑，"樱花有约""落樱缤纷"已成鼋头渚最知名的风景。东方之美，江南之秀，太湖自然山水之绝，是无锡鼋头渚赏樱的魅力所在。

·鼋渚春涛·

烟波浩渺的太湖，古称三万六千顷，横跨江浙两省，正如鼋头渚崖壁上所书之"包孕吴越"也。"包孕吴越"与"横云"六个大字，都是当年的无锡县令廖纶所书。清光绪十七年（1891），廖纶已经八十二岁，耄耋之年聊发少年轻狂，乘坐画舫畅游太湖，一时诗兴大发，感慨太湖之浩大有容，提笔写下"包孕吴越"四个大字。廖纶想不到，百年之后，他的墨宝会被摹刻于山渚石壁之上，冠绝一时。

站在石壁处极目楚天，看水天一色，潮起潮落。遥想两千年前

"包孕吴越"以及"横云"题刻

吴越两国之间的恩恩怨怨，曾经几十年的剑拔弩张，最后终究如一泓湖水，归于宁静。"笑吴是何人越是谁"，放下心中的局促和纷乱，兴废富贵都作浮云看。

在高攀龙濯足处的崖壁旁，还矗立着一块巨大的刻石，两面都有题刻，出自两位晚清的大家。一面刻"鼋头渚"，作者是书香传家的秦敦世；一面刻"鼋渚春涛"四字，是状元刘春霖的手笔。

·樱花长春·

赏樱佳绝处，最是长春桥。

没有樱花的日子，长春桥颇有几分道家风范。一眼望去，烟云

鼋渚春涛

长春赏樱

几缕,浩渺一片。老树数株,山石斑驳。晨雾中日出,晚霞下夕照,春夏秋冬,美不胜收。是江南一幅天然山水画,如倪云林笔下的山林湖泖。

当樱花盛开的时节,堤畔两岸,花开满树;层层叠叠,似云似雾。早樱、中樱、晚樱,参差历落;白色、粉色、红色,错杂相间。当风吹摇曳,落英缤纷时,一场樱花雨,又会把长春桥装点成一座花桥,仿佛一场春的祭仪,庄严而圣洁。

花落人间,陌头,湖畔,花瓣因风而舞。轻雷隐约,伴随丝丝春雨,那树影、桥姿和人们脸上的春光,无疑是瑶池仙界,天上人间几时有。

雨过天晴,长春桥笑成半圆,映在湖面,是一面瑶台仙镜,潇洒、低调、随遇、圆融。

春天好短，此桥却是长春的。

除了长春桥之外，充山隐秀、十里芳径、舒天阁、人杰苑和樱花谷等，都是赏樱胜地。一过春节，椿寒樱、河津樱、福建山樱等早樱，次第开放。然后，规模最大的染井吉野樱也盛开。最后由花色艳丽的晚樱，如关山樱、松月樱、郁金樱等落幕。好比一场盛世华章：早樱如序曲，拉开帷幕，几处点缀，几多惊喜；接着，粉色的吉野樱华服盛装，蓄势而发，漫山遍野，犹如天上虹霓云霞飘落人间；短暂的灿烂之后，又在樱花雨的哀艳凄迷中渐次退场。最后，以重瓣的八重樱为代表的晚樱，着霓裳羽衣，渐行渐远……

樱虽无言，中日共美；江南芳菲，于斯为盛。

二十世纪八十年代，日本著名诗人、作曲家中山大三郎创作的《无锡旅情》歌曲，经著名歌星尾形大作演唱，风靡海内外。友好城市无锡市、章鱼小丸子的故乡明石市，街头巷尾，男女老少，歌声悠悠，传唱不绝。

一片樱花，一首歌曲，书写了中日两国人民往来的历史新篇章。

·兰心蕙质·

樱花林的西端为占地2.5公顷的"江南兰苑"。如果说赏樱是人间与美丽的一场"艳遇"，热烈而来，灿烂而去；那么，赏兰花，就是为了与美的相濡以沫，为了体悟那种相契于心的静雅之美。

无锡民间艺兰历史悠久，明清时期曾出现不少艺兰名家。民国时有艺兰高手如沈渊如、荣文卿、曹子瑜等。特别是沈氏，培育出许多兰花的珍稀品种，曾有"江南兰王"之称，日本人小原荣次郎曾在1937年出版《兰花谱》，其中大部分图片是沈渊如莳养的兰花品种。嗜爱兰花的朱德委员长多次来鼋头渚，专程求教沈老，并赠送珍品"双燕齐飞"。二十世纪八十年代，时任鼋头渚主任、园林专家吴惠良倡议，选择植被茂盛、地形多变、闲中取静、兼有水景的充山小山坞建造兰苑。如今，这座融江南园林之美、中式庭园之秀、文人娴情之雅、现代兰艺之奇于一身的玲珑小园，成为无锡花卉专类园林中的一枝奇秀，也是太湖鼋头渚风景区另一个引人入胜的地方。

兰苑有"三绝"：幽雅精巧、山水空蒙的江南园林为其一；兰心蕙质、珍贵稀见的兰花品种为其二；琳琅满目、争奇斗艳的盆景为其三。

兰苑春兰以"鼋蝶""荷瓣"为传统精品，蕙兰品种之富，独步江南，报岁兰、建兰等珍品数量繁多。

一代名家启功先生曾点评：平生所见南国园林，宏伟瑰奇有过于此者，而幽静芬芳必以斯园为巨擘。

·鹿顶迎晖与三山仙岛·

充山之东的六座小山原名六顶山，后文人因吴王好养麋鹿的传说而改名为"鹿顶山"。海拔不足百米的小山山顶,有标志性建筑"楚天阁"。塔身庄重,八角三层,四重檐;素白雕花栏板,压顶金色琉璃。登塔眺望,太湖波涛浩渺,三山仙岛若隐若现,犹如海市蜃楼。

毗邻兰苑的太湖码头,人头攒动,熙熙攘攘,这里是游人登岛乘船游三山仙岛的地方。三山岛上有水帘洞、月老洞、灵霄宫、猴岛等景点。

从鼋头渚远眺大小矶、西鸭、东鸭组成的三山岛,宛如神龟游曳湖面。群鸥飞翔,白鹭伴舞,远处桅船星帆点点,氤氲空蒙,水天一色,犹如蓬莱仙境。

三山岛的仙气是与生俱来的,四柱三门五楼的入口牌楼上,正脊中央金灿灿的火焰珠,云龙塑身的檐口斗拱,仙气袭人。

会仙楼畔的月老洞,让人想起七仙女与董永的传说。那高耸的云梯石阶,人为地将坡度增至二十五度,层层叠叠,如登天门。曲折悠长的天街,有孙悟空幽游天庭的梦幻。云海缥缈广场旁,玉皇大帝坐镇的凌霄宫和西王母坐镇的西华殿,屋顶金光闪闪,仿佛置身天界。

儒释道三位一体的大觉湾石窟群,加上桥、廊、亭三合一的"风雨桥",依山傍水,玉宇琼楼。就连岛上的猕猴也颇具灵气,嬉笑怒骂于游人之间,悠然自得,快乐逍遥。

·渔帆点点·

无锡工商业以轻纺业为主,可能很少有人知道,造船业也曾是这座名城的重要产业之一。无锡曾拥有先进的造船技术,明、清及民国时期,无锡木船制造技术已名扬四方,制造的木船坚固、吃水浅、更耐腐蚀。

每年七八月份,是船厂最忙最热闹的时候。木材需要短时间蒸发水分,经几十道工序后完成船体骨架,再由"捻匠"用黄麻丝等填补木板缝隙,晒干成型后浇上滚烫的桐油,天气越热,木材吸收桐油效果越好。浙江嘉兴南湖之上的第一船(红船),即是由无

鼋头帆影

锡红旗造船厂根据历史原物仿制的。它集无锡丝网船、灯船的优点于一身，船上屏风、气楼等部位的花卉、戏曲人物、吉祥纹饰等雕刻图案栩栩如生，展示了精湛的造船技术与木雕技艺。

停泊在三山岛与万浪桥之间的"太湖01-K283"七桅古船，1999年购自吴县太湖镇渔民蒋乾元之手。此船长二十七米，宽五米有余。船上竖七根樯桅，顺风时船速可达每小时二十公里。有十三个舱，实际载重达八十八吨，最多能乘一百一十人。这种七桅船，初造于清道光年间，三代相传至蒋乾元之手，曾为太湖捕鱼的主力船只。鼋头渚风景区拥有三艘七桅帆船，加之其他网船、灯船、游船等，再现了帆影点点的江南鱼米水乡盛景，满足了中外游客乘渔家船、品太湖鲜、赏太湖景的旅游需求。

明代地理学家、旅行家徐霞客，"朝碧海而暮苍梧"，其远游足迹正是从鼋头渚一带开始的。矗立于充山西麓的徐霞客铜像记录了这位旷世先贤的第一行足迹。

·广福三宝·

杜牧有诗曰"南朝四百八十寺，多少楼台烟雨中"，这其中也包括鼋头渚后山原名"峭岩寺"的广福庵。

此处森林茂密，湖水环绕，如普陀山般云蒸霞蔚。它是鼋头渚内较早的建筑之一，二十世纪二十年代，杨翰西捐出山林十多亩，由量如和尚募集资金，将原"峭岩寺"移建至今址。翌年开寺，取

"广土众民同登福地洞天"之意,定名"广福寺"。

二十世纪六十年代,寺中佛像尽毁。二十世纪八十年代,景区管理处从北京请来十八罗汉,恢复四大天王塑像。中国佛教协会会长赵朴初先生题匾"大圆满觉",为寺增色。传说寺内原藏有镇寺三宝:非洲鸵鸟蛋、明末抗清义士杨紫渊铁鞭和古画《百鸟图》。《百鸟图》传为民间捐赠,画面气势恢宏,深山险壑,云雾缭绕,百鸟飞翔,更具一份独特的野逸气质。可惜三宝命运各不相同,古画已失,铁鞭已为仿品,唯鸵鸟蛋仍为镇寺之宝。

寺内还有一件神奇的古磬,铸有"广福寺"字样,曾遗失在太湖里。机缘巧合,在遗失十年之后竟再次回归。古磬的铸造商为无

三山观鸥

锡著名的冶坊"许瑞记",上海玉佛寺的梵钟和香炉也是由这家位于无锡清名桥附近的冶坊铸造的。

广福寺的"小南海",由僧普善募建,是观音大士的道场,其内供应的菌菇素面以鲜、香闻名,畅游鼋头,闲暇品尝风味独特的广福寺素面,别有一番滋味。

鼋头渚各个景点因地制宜、随势分布,以自然山脊区分景区,主干道基本处在等高线上,辅以蹬道连接。凭借樱花林、兰苑和真山真水的自然景观,鼋头渚成为无锡首屈一指的自然山水园林。

包孕吴越、典藏春秋,江南古典园林、近代山水园林、现代公共园林在鼋渚春涛串珠成链,大美不言。移步换景,取舍由人,随心所欲,吟啸徐行。爱山者,可登鹿顶而览太湖,品"上下天光,一碧万顷";乐水者,可登巨舟而泛碧波,观鸥鹭翔集,锦鳞游泳。可居中犿作短期疗养,尝太湖船菜,享富硒氧吧。至于摄影爱好者,更是得心应手,四季皆宜:春拍初翠万物生,夏拍缤纷繁花雨,秋拍层林染万坡,冬拍残雪卷波涛。

旅游攻略:主大门为犊山大门,次大门为充山大门,公交1路及游览专线可达。

景点级别:国家5A级景区。

寄畅春秋——寄畅园

无锡园林中,梅园、蠡园和鼋头渚都是名扬天下的近现代园林。若论江南古典园林,自然首推苏州、杭州、扬州。无锡的古典园林,寄畅园堪称独树一帜。

·从"惠山园"说起·

在北京颐和园万寿山东麓,有一座别具一格的袖珍园林"谐趣园"。二百多年前,当颐和园还被称为"清漪园"的时候,"谐趣园"是被称作"惠山园"的。

清乾隆十六年(1751),乾隆效仿先帝康熙,沿京杭大运河开始声势浩大的江南巡视之旅。此次南巡,动用船只上千只,从正三旗中挑选精兵万余人侍御。至无锡境内,即沿黄埠墩一路南行,至惠山浜上岸，向惠山而去。行至秦园街寄畅园大门前，但见二十四位老者两旁跪接，内中九旬老翁一人，八旬开外二人，七十开外三人，六旬以上者四人，皆庞眉皓首。原来正是寄畅园主人秦氏携地方乡绅、族中长老跪迎圣驾。

乾隆对秦氏寄畅园情有独钟，游园当日即传命随侍宫廷画工临摹寄畅园全景，返京后又于施工中的清漪园万寿山东麓，仿照无锡寄畅园建"惠山园"一座。见于乾隆《惠山园八景诗序》："江南诸名墅，惟惠山秦园最古。我皇祖赐题曰寄畅。辛未春南巡，喜其幽致，携图以归，肖其意于万寿山东麓，名曰惠山园。一亭一径，足谐奇趣。"这就是惠山园的由来。

这段轶事，后来被小说家加以敷演，《乾隆南巡秘记》称乾隆当日曾对随行的督臣品题江南之景："入江南境，扬州但繁华，无真山水；金山佳矣，然有戒心。惟惠山致为优雅。若苏郡虎丘之繁富，吾邑似无能为役，而上意不以为然，并去其第一名山额。圣上之意，盖在此不在彼。"其实，寄畅园在明清之际已称江南名园，"幽雅闲静"，康乾品题后，遐迩闻名。

二十世纪八十年代末，第三批全国重点文物保护单位公布，无锡寄畅园因其五百年名园结构完好、面貌未变、气质超然而位列其中，与苏州拙政园、留园、南京瞻园一起并称为江南四大名园，成为江南古典园林的杰出代表。

寄畅园旧门

·本是秦家婉约宗·

　　拾阶寄畅园，清丽幽寂的气息扑面而来。当红叶满树，凉风徐徐，金桂飘香，皓月当空，什么样的园主，将这座江南园林装点得如此婉约幽雅？

　　寄畅园的前身叫"凤谷行窝"，是由明正嘉时期的秦金，购惠山寺僧房所建。秦金（1467—1544）正是北宋著名婉约派词人秦观的第十七世嫡孙。

　　秦观（1049—1100），字少游，学者称淮海先生，原籍扬州高邮。与黄庭坚、晁补之、张耒共师苏轼，并称"苏门四学士"。秦观曾随老师畅游无锡惠山，品二泉茗茶，听惠山寺钟声，赏惠山湖光山色。当年，苏轼在《游惠山》诗序中说："余昔为钱塘倅，往来无锡，未尝不至惠山。既去五年，复为湖州，与高邮秦太虚、杭僧参廖同至"云云，这是说苏轼每过无锡，必游惠山，元丰二年赴湖州任时偕秦观、参廖同游，各赋诗三首。秦观也有《同子瞻赋游惠山三首》记录其事。其中第三首写道：

楼观相复重，邈然冈深樾。九龙吐清泠，瀺灂曾未绝。罍缶驰千里，真珠犹不灭。况复从茶仙，兹焉试葵月。岸巾尘想消，散策佳兴发。何以慰遨嬉，操觚继前辙。

诗人见寺观重檐叠栋，古树深覆幽阁，听泉水叮咚，流水潺潺，顿时忘却尘世间一切烦恼，而若此生归隐此处，扶杖散步，听万壑松风，交三五知己，品流年时光，不觉俗念顿消。

秦观逝后，初葬扬州蜀岗。三十年后，其子秦湛任常州通判，定居常州，遂迁葬父母于无锡惠山二茅峰。秦湛为秦氏迁常始祖。

秦湛第十世孙秦维桢因家道中落，自武进入赘无锡凤山（今胡埭镇富安村）富户王野舟家，秦维桢便是秦氏迁锡始祖。自此之后，秦氏繁衍出几十个支系，统称锡山秦氏。其中最著名的有两支，一支是位于无锡县城西南西水关的"西关秦氏"，一支是位于金匮老城师古河北岸玄文里的"河上秦氏"。

惠山又称龙山，而秦维桢迁锡定居之所也称凤山，这是秦金在惠山山麓建"凤谷行窝"的缘起。

·第一代园主秦金·

秦金（1467—1544），字国声，号凤山。是秦维桢第七世孙。在无锡历史上可以说是一个赫赫有名的传奇人物。

秦金二十岁时乡试中举，二十七岁赴京会试考中进士。十年后父逝丁忧，返乡守制期间购得惠山寺荒废僧舍两间，名"南隐""沤寓"。秦金历任两京户、部、礼、兵、工五部尚书，史称"两京五部尚书，九转三朝太保"，辞官归隐后，即改"南隐""沤寓"为山间别院"凤谷行窝"。

"层峦淡如洗，杰阁森欲翔。林芳含雨滋，岫日隔林光。涓涓续

康乾题字

清溜,靡靡传幽香。俯仰佳览眺,悠哉身世忘。"秦观此诗正可描绘当年"凤谷行窝"之意境。

秦金身后,"凤谷行窝"不传子女,而是托付给秦氏别支"河上秦"的秦瀚、秦梁父子,所为何故?

"择其贤者而传之",二秦德才兼备,堪当此任,这种传承被历史证明是非常英明的,从此以后四百多年,寄畅园的传承始终在"河上秦"与"西关秦"之间流转,保证了数百年间传之一姓,接续完整。

·第三代园主秦燿·

第三代园主秦燿,是寄畅园历史上划时代的人物。

万历二十年,秦燿自都察院右副都御史任上解职回籍,郁郁不欢,遂与挚友王稚登等人诗词唱酬,寄情山水:"闭门谢俗子,悠然对青山。都忘是非想,坐看飞云还。"徜徉惠麓,徘徊在日渐凋敝的"凤谷行窝"前,遂潜心改造秦氏旧园,先后建嘉树堂、清响斋、锦汇漪、知鱼槛、含贞斋等二十景,同时取王羲之《答许椽》诗"取欢仁智乐,寄畅山水阴。清泠涧下濑,历落松竹林"之意境,正式将园更名为寄畅。园成,王稚登有《寄畅园记》详记经秦燿十年经营的园池。

寄畅园二十景充分运用假山、山泉、水景、树木、廊桥等元素,利用古木荫覆、廊桥迤逦之势,揽锡山、惠山自然胜景于园中,

嘉树堂

尽可能体现原生态的意境特色，遵循道法自然的造园原则，传达极高的文人园林趣味和水准，"兹园之胜，得之天者什七，成之人者什三"。

万历三十二年秦燿临终时，立下《分关》文书，成为寄畅园历史上拆分园子的第一人。四子各得其四分之一，并称为寄畅园第四代园主。

·第五代园主秦德藻·

明清之际的秦德藻是寄畅园的第二个关键人物，他提升了寄畅园的审美风味和人文品格。

锦汇漪

秦德藻是秦燿的长房曾孙。他三十岁时独立支撑起长房一脉家政,兼通诗书琴画,对造园艺术有独到见解。康熙初,他克服重重困难,终于将四分五裂的寄畅园合园,同时重金聘请造园专家——松江华亭人张涟及其侄子张鉽系统改造园林,既传承秦燿造园精华,又将原址中不合理的区域进行大刀阔斧地改造斧正,删芜存精。

张涟及其子张然、侄张鉽并称清初江南造园"三张"。他们从园内的一草一木、假山叠泉、厅堂亭阁等每个细节做起,全面梳理,尤其是对核心景点锦汇漪周边,删繁就简、精雕细琢。

张氏父子一改古典城市园林背山面水的传统做法,将主要建筑设计成临水对山:"平冈小陂,错之以石,若似乎处大麓;截溪断谷,私此数石者为吾有也。"改造西部假山"案墩",既可屏障惠山寺,又作核心景区锦汇漪的背景靠山,峰峦起伏,曲折蜿蜒,与惠山山峰一脉相承。引二泉水,辟八音涧,汇入锦汇漪。寄畅园经秦德藻修复完毕,一时名动江南,当时的江南名士吴伟业、余怀、吴绮、刘体仁等联袂而来,雅集其中,游园、听歌、赋诗,盛极一时。

秦德藻这位第五代园主,带来寄畅园的第二次兴盛。晚年时,秦德藻将园中事务交由长子秦松龄,这也是寄畅园园主首次父子相传。

·康熙巡园·

康熙三十一岁为体察民情第一次南巡。自苏州回銮经惠山去二泉品茗,慕名游寄畅园。皇家御船停泊于黄埠墩,换轻舟溯惠山浜入惠山,停靠下河塘,上岸后坐御轿至秦园街入园。

首次到寄畅园的康熙皇帝,对卧云堂门前两棵姿态雄伟的古香樟产生了浓厚的兴趣。由物及人,为笼络人心,回京后颁旨准秦燿平反,并赏入乡贤祠。

康熙三十六岁第二次南巡,再幸寄畅园,特赐秦德藻光禄大夫衔,以示恩宠。四十六岁时,第三次南巡,又临寄畅园时,秦德藻遂穿一品顶戴服迎驾。

当康熙五十岁第四次南巡,秦德藻已逝,秦松龄蒙恩赐复原职,此为一喜;秦松龄之子秦道然(1658—1747)被推举随驾入京。进京后，被康熙安排作九阿哥胤禟的老师，此为二喜。双喜临门，秦氏享受了朝廷无比的恩荣。此后，康熙五十二岁、五十四岁时南巡，又两次巡游寄畅园。

康熙一生六次南巡，七次驻跸寄畅园，锡山秦氏及寄畅园由此而所享的荣光和恩遇，可谓如烈火烹油。福祸两相依，康熙时代的荣耀，转瞬之间将成为寄畅园历史乃至秦氏家族史上大难的开端。

雍正即位，朝廷围绕着夺嫡继统问题大开杀戒，竟然也牵连到远离京城的锡山秦家。雍正称秦道然之锡山秦氏，焉知不是奸臣秦桧之后？遂以"仗势作恶、家产饶裕"之名，罚秦家十万银两充甘肃军饷。然家产仅得一万两，寄畅园充公，秦道然入狱。

·乾隆巡园·

乾隆元年，秦道然之子秦蕙田（1702—1764）高中探花，入值南书房，并深得乾隆皇帝倚重。

秦蕙田上书陈情："当此圣明，孝治天下，惟有乞恩，愿以功名相抵。"恳求皇帝开释关押整整九年的八旬老父亲。乾隆诏准，免除欠银，同时发还祖产寄畅园。

乾隆八年，秦氏家族共议，将康熙宸翰墨宝供奉园中，改园墅为祠园。清律，家族涉罪，宗祠不必罚没。乾隆效仿先祖康熙，六下江南，七驻寄畅园，曾赐匾"孝友传家"，褒扬秦氏，因此寄畅园亦称"孝园"。有清一代以孝治天下,秦氏家族以孝保园墅,这是秦氏家族的智慧和儒家思想的结晶。

康乾二帝先后多达十四次驻跸寄畅园,听凤谷鸟鸣,闻禅院晚钟,品八音流觞,题"山色溪光",赐"玉戛金枞"。两帝之心赏与加持对园子的完整传承起到了保护作用,提升了寄畅园的声名和历史地位。

乾隆之后,国力渐衰,再无南巡,溥仪曾以普通百姓的身份,由杜聿明、沈醉陪同参观了这座与清代皇帝因缘至深的江南名园。

乱世园衰,从晚清至民国的一百多年时间里,寄畅园到处是残花败柳,断墙残壁。其间虽然经秦氏后人多次修复,但终究抵不过人为的破坏,寄畅园终究到了奄奄一息、难以为继的地步。

中华人民共和国成立伊始,秦氏族人毅然捐园,化私为公,五百年名园回到了人民的手中。人民政府多次对寄畅园进行大修,二十世纪八九十年代,由现代无锡园林设计大师李正主持设计,重建邻梵阁,于案墩上建梅亭,修复东南部园林建筑,基本恢复了乾隆鼎盛时期的历史风貌。

明清无锡科举之盛,秦氏独领风骚。作为一个文化大族,秦氏家族共有举人七十七人,进士三十四人,其中十二人入翰林院,三人名列一甲第三的探花,可谓人物阜繁,英才辈出。从"碧山吟社"创始人秦旭,到秦园始创者秦金,再到此后历代创拓、守护名园的秦氏后人,如秦燿、秦德藻、秦松龄、秦亮工等,都是文史兼通的大家。书画大家秦古柳、我党早期领导人秦邦宪、无锡工人运动先驱

邻梵阁

秦起均是无锡秦氏家族的杰出英才。秦氏一脉,读书明志,耕读传家,典型的江南读书人家的传统。儒家所谓"穷则独善其身,达则兼济天下",是秦氏血脉代代传承之精粹。芥子须弥,历久弥新。

·造园意境·

陈从周先生在《说园》中论及:

园有静观、动观之分,这一点我们在造园之先,首要考虑。
中国园林是由建筑、山水、花木等组合而成的一个综合艺术品,极富诗情画意。叠山理水要造成"虽由人作,宛自天开"的境界。
山与水的关系究竟如何呢?简言之,模山范水……山贵有脉,水贵有源,脉源贯通,全园生动。

寄畅园是陈从周先生最为推崇的江南名园。

寄畅园为典型的静观园林，是文人士大夫修身养性、私友相聚的别院园林，因此它的主体格调为静与雅。秦氏历代造园主为改变私家园林单一沉闷的格调，引入二泉水，修筑八音涧，开凿锦汇漪，堆叠案墩山，使假山真水与锡惠真山水完全融合一体，达到了"虽由人作，宛自天开"的浑化境界。

南部卧云堂小院，曲径通幽，静雅精巧，又体现幽邃宁静之趣。小院以卧云堂为主体建筑，通过庭院、园路、溪流、廊架、敞轩等元素，将先月榭、凌虚阁、介如峰、御碑亭等有机地组合起来，几株保存至今三数百年的香樟树点缀其间，客观地再现了康乾二帝入住时的生活场景。尽管卧云堂小院是二十世纪九十年代按照原样复建的，但这个融起居、读书、会客于一体的园中园，却忠实地继承了造园名家张涟的总体造园风格，再现了寄畅园的全盛实景。

乾隆皇帝在评价寄畅园时说过，江南诸名园别墅，唯惠山秦园最古。第二代寄畅园主秦瀚曾如此概括：

"百仞之山，数亩之园。有泉有池，有竹千竿。有繁古木，清荫盘旋。勿谓土狭，勿谓地偏。足以容膝，足以息肩。有堂有室，有桥有船。有阁焕若，有亭翼然。菜畦花径，曲涧平川。有书有酒，有歌有弦。……"（《广池上篇》）

这座江南古典园林赋予我们的艺术美感是全方位的。具体而微，在巧妙的借景，高超的叠石，精美的理水，洗练的建筑。若从审美宏构来讲，寄畅园的造园理念是耐人寻味的。

首先是意在笔先、立意高远。秦家历代园主及秦氏后代书香为怀、墨翰传家。园如其主，这一切决定了秦氏建造此园的特性——江南士大夫趣味，如同寄畅园里曾经演唱的词曲，要眇宜修，低回百转，清新婉约。

其次是布局合理、架构清晰。小小的一个园子，仅十五亩地，外部又有锡山惠山大园林的包孕，既不能喧宾夺主，而又要与大环境融合，如何应景布景？所谓"相地合宜，构园得体"。因此，从第一代园主秦金起，就把大的布局格调定了下来，即东水西山、南院北架，东部尽可能开敞，用占全园百分之十七的水面（约2.5亩）将亭台楼阁、小桥流水围合起来，把远山（锡山）高塔（龙光塔）引入此园，并以此为中心组织景点及功能布局。秦金之后，几代园主主要是做细部的整治，如西面用案墩、树林、假山等，既与西面惠山寺隔障，又可作中心景点的远景（后景），就像一幅绝妙的中国山水画一样，浓墨淡彩，以为铺垫。南面主要以居住、接待等功能小院相点缀，建筑尽可能疏朗、简约、有趣，就像这幅山水画的几处点睛之笔，看似简单，实为灵动。北部用廊架、曲桥、石滩等串联，尽可能使空间灵动舒展，避免过实过硬的手法处理。这个大格局，几百年未变，实践证明这也是此园最佳谋篇布局的手法。

三是文笔细腻、做工精致。

寄畅园的山，有土山，有垒山，所有山势依惠山而筑，顺坡而下，俱为一体。

寄畅园的石，有黄石、太湖石，黄石作大面积铺垫，如八音涧，局部点缀用太湖石，如九狮图石、介如峰，乃是因材施用，各取所长，各得其所。

寄畅园的水，有明泉、暗涧、飞瀑、流水，更有大面积的池塘，形态各异，均有源头，各为其用。

寄畅园的树，更是精妙，有三四百年浓荫如盖的樟树，有姿态各异的榉树、榆木，更有落英缤纷的槭树、枫树、桃花。

所有的造园元素，山、石、泉、树、花、廊等，在历代造园主指挥下，或借景，或对景，或收，或放，或高，或低，演绎了一曲又一曲动人的寄畅之曲。无论春夏秋冬，四季皆景，四季不同，缠绵不绝。这种"天人合一"的意境，将园主融入其中，寓情于景、情景交融；寓意于物、以物比德。

无论园主如何更迭，一个家族始终与国家紧密相连，不管所处顺境逆流，一座名园始终以家族精神传承园林，如嘉树堂楹联所书："千年人家诗书传，百代承名寄畅园。"正是寄畅园家族精神的核心体现，更是当代社会最值得复兴与传承的优秀传统文化之精髓。

旅游攻略：无锡市梁溪区惠河路2号，无锡市火车站公交126路、83路、158路可达。

景点级别：全国重点文物保护单位。

锡惠胜境——锡惠公园

《游惠山》

文徵明

几度扁舟过惠山,
空瞻紫翠负跻攀。
今日坐探龙头水,
身在前番紫翠间。

无锡的山水风景,水以太湖为最,山以锡惠为优,园林则以寄畅园、惠山古镇为胜。

·锡惠二山·

闻名天下的锡山只有七十余米,却是无锡老城的靠山。那座龙光宝塔,如一笔点睛,令小小的锡山更加钟灵毓秀。

明正德中,无锡人顾可学与好友昆山状元顾鼎臣为同榜好友。一日二人携手游山,论及无锡人才,自南宋蒋重珍金榜夺魁,三百年来再未出过状元。学究天人的顾鼎臣指出:"山脉从东方来,若长其头角,峙刹山椒,锡邑人文当益盛。"意为锡惠山势如龙,乃吉祥之地,唯一遗憾的是神龙缺角,锡山建塔,如龙生角,可助文运。于是,顾可学召集乡绅们共募善资,在锡山龙光寺内建造石塔,但随后几十年并未出状元,又有人提出"龙以角听,塔宜中空",万历二年最终建成了七层八角楼阁式砖塔,那年果然孙继皋高中状元。

屡圮屡建的龙光塔于2019年5月21日完成大规模修缮,外表恢复明代建造时原有的赭红色。六百四十八套LED灯和一百五十二套投光灯开启了塔的四季和节假日模式。修复完工后,难度极高的江苏高考中无锡出了两个状元。

如今,佑护斯文的龙光塔依然屹立锡山之巅,作为无锡城市的地标,承载着源远流长的江南文脉。

惠山属天目山余脉,最高峰为三茅峰,海拔三百多米,山有九陇,状如游弋神龙,故称九龙山。

相传,擅观风水天象的刘伯温,惊叹惠山地形独特,令人破山

无锡龙光塔

掘土,断其龙脉,果然宝山出宝,竟挖出漆黑如墨、软糯可塑的黑土,这就是惠山泥人的宝贵原料。如今,憨态可掬的泥人阿福阿喜成为无锡城市的象征。

惠山周长约二十公里,山势延伸直至太湖。锡山本是惠山的余脉,无锡人礼敬泰伯三让天下之功德,推锡山为主峰。惠山自古多泉,有"九龙十三泉"之名,多为雨水泉或山涧泉,以"天下第二泉"闻名于世。

·惠山古寺·

俗话说,"自古名山僧占多。"惠山寺始建于南北朝,距今一千五百多年。南朝刘宋永初年间(420—422),无锡人湛挺官居司徒右长史，在惠山头茅峰东麓建"历山草堂"。后舍宅为寺，名"华山精舍"，是为惠山寺的雏形。

北宋至道年间，太宗赵光义赐名普利院，南宋绍兴三十一年，高宗视察长江水师，驻跸惠山寺，为行宫所在。

唐宋全盛时期，僧舍多达一千零四十八间。

元末寺毁。明清两代，屡毁屡建。康乾时期，二帝沿京杭大运河视察江南，皆六幸无锡，礼佛惠山。

惠山寺是锡惠名胜人文历史的肇始地。因惠山寺而兴起的寺庙园林、泉庭园林、别墅园林、祠堂园林、诗社园林和书院园林，踵事增华，风景益盛。儒家的代表二泉书院，道家的代表白云洞，佛家的代表惠山寺，精彩纷呈，相得益彰。

从古华山门进惠山寺，有无锡最早的石刻经幢，分列左右。南（左）侧石幢建于唐876年，刻有《佛顶尊胜陀罗尼经》。北（右）侧石幢建于北宋1070年，须弥基座及束腰花纹雕刻与唐石幢相似，显然是仿唐经幢，柱身则刻有《大白伞盖神咒》。这种刻咒不刻经的做法，是宋朝经幢的重要特色。

经幢是一种特殊形式的佛塔，敦煌千佛洞内的唐代壁画中，可见其最初模样，即由丝织物和杆子组成的幢幡，丝织物是用来书写经书或绘制佛像的。后来，经幢逐渐演化为石质，以方便刻经。从时间上看，大约唐朝中期，经幢初现，至元代以后没落。佛家认为，刻有《佛陀尼经》的经幢法力无边，其影映照人身，或者风吹灰尘落在凡人身上，都可消除恶业，维持善法。

古华山门后的金刚殿，为重檐歇山顶建筑。殿内塑像用名贵的缅甸楠木雕刻。走过殿后的"香花桥"以及同为歇山顶形式的天王殿，一座典型的宋代三孔石梁桥映入眼帘，这就是著名的"金莲桥"。

金莲桥桥长10.7米，宽3.4米。国家文物局古建筑专家组组长罗哲文教授认为，古桥桥身的浮雕纹饰"缠枝牡丹间化生"："刀法细腻，线条流畅柔美，在我国桥梁装饰艺术当中，堪称上乘之作。"2006年出版的《中国名桥》一书将其选为封底图片。可惜除了桥身南侧中孔附近"懋德堂李府"五字以外，再也找不到确切的文字记载。

绕过金莲桥畔的乾隆御碑亭，一株参天银杏赫然在目，据传为明洪武初年僧人性海和尚种植，树龄达六百余年。古银杏为雄株，只开花不结果，但在1982年神奇地结了七颗银杏。实验分析，这是几百年古树返祖现象。更为神奇的是，离地六米高的树洞内竟寄生着一棵二百多年的薜荔。

银杏树右侧的听松亭内有一巨石，长1.99米，宽0.87米，高0.56米，一端有"听松"二字，为李白族叔、篆书大师李阳冰真迹。唐代诗人皮日休也曾躺于石上，听"松子声声打石床"，可惜原来两棵六朝古松毁于元末。北宋苏东坡与弟子秦观也曾同游惠山寺，盘桓于此。

民间传说，"听松石"有个神奇的功能，可以根据躺在其上的人而改变形状，随人短长，所以也叫"偃人石"。一天，有个女子躺了上去，但石头没有改变大小，原来这是位孕妇。自此，奇石魔力尽失。二十世纪九十年代，游人仍然可以随意躺卧石床之上，如今已被围栏遮挡以作保护。

据中国民乐大师阿炳回忆，他的二胡曲目《听松》，就源自惠山寺和尚讲述岳飞大败金兀术的故事。当年金兀术败退惠山寺，躺在石床上歇息，睡梦中听到击鼓呐喊的岳家军追杀过来，慌乱中从石床上滚落下来，留下抓痕。原来是山中风声飒飒，松涛阵阵，仿佛千军万马奔腾而来。阿炳深得正一派道教音乐的精髓，用十番锣鼓的打击技巧烘托出雷霆万钧的氛围。

古银杏后石壁上，嵌有清人邵涵初篆字"俯察仰观"。惠山寺和古银杏，如同两位饱经沧桑的老人，历经千百年风霜雨雪，兀自看世间繁华云聚云散。唐代的听松石床，宋代的金莲桥，明代的古银杏，以及清代御碑亭，构筑成传承有序的惠山文化脉络。

惠山寺大雄宝殿是清代仿宋建筑。青瓦白墙，梁枋、柱头、门楼，雕梁画栋，富丽堂皇，是全寺最大的佛殿。右侧为著名的二泉书院。

二泉书院名气虽小于东林书院，辈分却比东林书院高。明朝礼部尚书邵宝致仕后还乡，设二泉书院授徒，这比顾宪成重修东林书院早了八十八年。一代大儒顾宪成曾求学于此。二泉书院进门左右门楣砖刻"洗砚""藏书"，点明了无锡书院的文化精神。

·二泉泉庭·

全国号称"天下第一泉"的有七处之多,但"天下第二泉"仅此一家。或许有人还不太了解无锡,却一定听过闻名世界的《二泉映月》。

"天下第二泉"得名于茶圣陆羽。他曾长期隐居惠山古寺,几经品评,将惠山石泉水评为"天下第二",并作《惠山寺记》。

"天下第二泉"泉庭是一个相对独立的泉主题空间,自西向东分为上、中、下三个池,圆形上池与方形中池,合筑于二泉亭内,漪澜堂旁的下池为长方形池。

二泉庭园,因泉构园,因水成景。至清乾隆年间,形成精致典雅的现存格局。庭院因自然地形随势

"天下第二泉"泉庭

布置，起伏跌宕。假山步道，湖石奇峰，各得其妙。玲珑剔透的二泉泉庭，跻身全国重点文物保护单位。

·杜鹃园·

出泉庭，映山湖南部有占地三十余亩的杜鹃园，由无锡园林设计大师李正先生领衔设计，深得中国园林泰斗陈从周教授真传，为当代不可多得的园中园精品。

杜鹃园门厅入口有一组山水盆景式漏窗对景，为江南古典园林擅长的借景手法，暗香浮动，若隐若现，令人遐想。

作者以"一园红艳醉坡坨"为造园主旨，反复勘察山势地形，巧妙"因借"，随势筑坡，因涧成池，曲水流觞，原样保留野生景观树木，叠石理水，筑路建甑，回廊亭榭，逶迤曲折，移步换景，神迷意醉。学贯中西的国家建筑大师杨延宝教授多次莅临此园，陶醉其间、凭栏咏调。

杜鹃园入口对景

2001年版的电视连续剧《笑傲江湖》曾取景"醉红坡",以五千盆杜鹃作为群雄大战东方不败的背景。

"醉红坡"前的"云锦堂"是杜鹃园的主体建筑,格局类似苏州拙政园的鸳鸯厅,分南北两部分,冬日宜南,夏日宜北。"云锦堂"外墙大胆使用彩色玻璃,远远望去,恰似云锦,这大概就是"云锦堂"的出处吧。而云锦堂的"十八色杜鹃"才是镇园之宝,一棵树上能有十八种颜色,极为罕见。

杜鹃园内有世界珍贵杜鹃名品,如大型西洋杜鹃"观山锦",日本杜鹃"若惠比寿",大型常绿高山杜鹃"马樱花"等。顺带一提,当今全国规模最大、精品数量最多的杜鹃基地在无锡九龙湾"花朝会",园内有日本皇室独有的藏品皋月杜鹃。

二十一世纪初,无锡杜鹃园升格为"中国杜鹃园",这是国家对无锡植物专类园林的最高褒奖。

·阿炳墓园·

杜鹃园西北,有民族音乐大师华彦钧(阿炳)墓园。墓园不堆封土,以山坡为墓堆,仿明孝陵背靠紫金山做法,使人联想背后惠山亦为墓体。墓园简洁朴素,有自然山水和谐之美。

墓前有邑人当代雕塑大师钱绍武所作阿炳铜像,堪称精品。西北角一石如卧,道袍发髻,傲骨嶙峋,更似阿炳精魂。

·春申涧与碧山吟社·

阿炳墓北有春申涧,又名黄公涧,是惠山头茅峰东坡的天然山涧。相传春申君居此饮马,涧中巨石名"卧云",系明南京礼部尚书、二泉书院创始人邵宝所书。雨后的春申涧是锡城人民观赏飞瀑的天然胜地,也是映山湖的主要源头,此时,黄公涧里"游大水"是男女老少乐此不疲的保留节目。

黄公涧北侧有明清诗社园林碧山吟社,其东与愚公谷毗邻,明成化十八年,秦观后人秦旭等十位老人在此创建诗社,号"十老社",代表无锡诗文创作的高度。沈周绘有《碧山吟社图》手卷,以记其事。

·愚公谷与华孝子祠·

明代,湖广提学副使邹迪光建山林别墅愚公谷。全盛时期的愚公谷,占地五十余亩,范围广及春申涧、天下第二泉、惠山寺、秀嶂街,规模远胜秦氏寄畅园。愚公谷依山取势,建筑水池,自具章法,奇花异木,冠绝吴地,可惜废于次子德基。

惠山古镇最早的祠堂是华孝子祠,祭祀孝祖华宝。华宝八岁,父亲留字:"待我驻防期满回乡,为你戴冠成亲。"后华父死于战役,华宝哀痛欲绝,终身未冠未娶,后人以"至孝"评之。祠堂建于南齐建元三年,唐宋时期屡经兴废。元至治年间,华氏后裔建祠现址。华孝子祠以历史悠久、传承有序、规模完整,被誉为"江南第一古祠堂"。

锡惠风景名胜区完美荟萃了中华园林的所有类型,诸如寺庙园林、书院园林、诗社园林、祠堂园林、别墅园林、植物专类园林等。从园林风格和造园年代考究,基本涵盖了古典园林、近代园林、现代园林三大历史时期。锡惠胜境无愧于当今世所罕见的园林大观。

旅游攻略:无锡市梁溪区惠山直街2号,无锡市火车站公交2路、10路、88路、98路可达。

景点级别:国家级重点风景名胜区、4A级旅游景区。

解码荣氏——梅园

荣氏梅园始建于1912年,是中国近代工商业巨子荣氏昆仲的私家园林,也是无锡近代园林的典范之作。它见证了荣氏家族商海弄潮的辉煌历程,也阅尽了近代历史的风云变幻。荣家为何建园于此?荣氏梅园蕴含哪些鲜为人知的故事?荣氏家族又为何能长盛而不衰?

·一生知己是梅花·

荣氏梅园老大门(今梅园主大门的西侧),采用典型的江南私家别院山门的构筑方法,粉墙黛瓦,简洁素雅。步入院门,1917年开凿的洗心泉黄石驳筑,迎面矗立有园艺大家陈俊愉院士书写的"洗心泉"刻石。原洗心泉刻石由荣德生先生题跋:物洗则洁,心洗则清,吾浚此泉,即以是名。这是"洗心泉"之名的由来,也是荣

梅园旧门

德生先生"清白为人"的写照。

可惜原刻石已佚。荣毅仁先生补撰《洗心泉记》,重申父训:"洗心者,用以洗心中无形之污耳,非其实玷也。名泉之故,亦第借此以寓警耳。"

"洗心泉"旁紫藤盘曲,枝干遒劲,荣德生先生手植的紫藤花,春来依然繁花满树,护佑着洗心泉池。

紫藤虽好,荣德生引为平生知己的却是梅花,他以梅的品格气度自喻自励。1912年,荣德生先生在无锡西郊购得清初进士徐殿一的小桃园故址,以此渐扩梅园,又购买山林一百五十亩,次年请来建筑总工程师朱梅春,并由贾茂青督造,以"梅花"为主题,正式启动造园，首期植梅树一千三百余株。1914年，建香雪海屋三间，凿砚泉。三四年间植梅三千余株，已初具规模。

1912年至1933年为梅园主要建设期，首个十年，梅园东山景区基本建成，主要有揖蠡亭、留月村、洗心泉、小罗浮和乐农别墅。第二个十年，梅园向东北扩至浒山，先后建宗敬别墅、秋月阁、太湖饭店、豁然洞、敦厚堂、经畲堂（读书处）等，梅园浒山景区基本建成。

值得大书一笔的是太湖饭店。饭店于1926年建成，有客房二十间，装潢考究，设施齐全，融西洋建筑与乡土建筑于一体。中国近

洗心泉

经畲堂

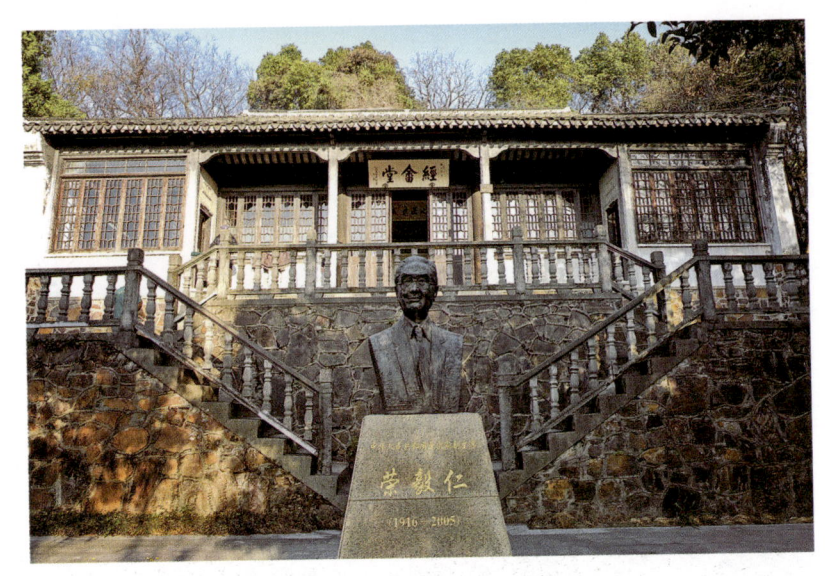

现代政商两界风云人物凡来无锡，多下榻于此。百年名邸，至今保存完好，石墙斑驳，遍生藤萝，进口的彩色浮法玻璃，依旧富丽堂皇，现为公园管理处使用。太湖之滨，今天五星级太湖饭店承名于此。

1955年9月，荣氏第二代传承人荣毅仁先生遵父嘱，将梅园全部园林建筑及土地捐赠给地方政府。梅园历史翻开新篇章。

·南北二陈塑梅园·

如今的梅园，拥有八百亩山林的梅花种植规模。梅园的建成，既饱含了荣家几代人的心血，也有新中国广大园林工作者的智慧。

中国当代园林大师"三陈"之中，有"二陈"与无锡梅园关系密切。"梅花院士"陈俊愉是中国园林植物与观赏园艺学科的开创者，对梅花的分布、习性和培植有深入研究，洗心泉、古梅奇石圃、梅品种国际登录园无不留下陈院士的处处履痕。

同济大学陈从周教授对江南园林颇有研究，曾作精辟概述："江南园林，明看苏州，清看扬州，民国看无锡。"他指出，梅园以自然天成为旨趣，避免大兴土木。最为精致的楠木厅亦为移建而来，显示出新兴民族资产阶级别样的情怀。梅园就是陈教授与当地专家共同智慧的结晶。

·诵豳乐农风骨传·

梅园山林北靠舜柯山，东接惠山，西至梅梁湖十八湾，南濒太湖，所谓三面靠山，一面临水，尽占形胜之优势。从梅园内部结构看，东为南北走向的横山，西为南北走向的东山，北为东西走向的浒山，三山围合，包孕环绕，南湖北山，同样风景绝佳。荣德生昆仲慧眼选择此处造园筑舍，可谓别具匠心。梅园背山面水，太湖群山星罗棋布，山环水绕，层峦叠嶂，俯仰之间，佳趣无限。

乐农别墅、诵豳堂和香海组成的荣氏早期山野别墅是东山景区核心建筑。1914年建造的三开间敞廊初名香雪海，为荣德生昆仲欣赏东山梅林花海的观景平台，康有为先生赠"香海"真迹墨宝，是为"乐农别墅"前厅。

"香海"北侧为正厅"诵豳堂"，是荣德生先生接待社会各界名流的主要场所。民国初年，荣德生先生从秦金后裔购得清初老宅"楠木厅"，移建于此。"诵豳"取自《诗经·豳风》，为农耕之诗，意况"致王业之艰难"（《毛诗序》）。荣先生曰："余自拟也。"表示不忘农耕、衣食为本，不仅与荣德生先生别号"乐农"意蕴相符，而且是荣氏家族发家立业之基。堂内抱柱名楹"发上等愿结中等缘享下等福，择高处立寻平处住向宽处行"，透露出主人立身处世之准则。

诵豳堂东侧"乐农别墅"既是梅园主人荣德生先生的寓所，又是少年荣毅仁和部分学生读书时的宿舍。其外墙砖产无锡大窑路，砖上窑名清晰可辨。

1930年，荣德生、荣敬宗兄弟为纪念先母石太夫人八十冥寿，在浒山之腰建"念劬塔"，取《诗经·小雅·蓼莪》"哀哀父母，生我劬劳"之意。

塔呈八角形，三层，高十八米，可瞰梅园全景，玉雕粉砌，香雪如海。远眺太湖风光，看山色空蒙，波光潋滟。

正如荣毅仁岳丈漱兰老人曾点评："有客登临一园占尽湖山胜，与时俯仰数点能回天地心。"

东山著名的"小罗浮"取自道教圣地罗浮山。罗浮山也被称为"梅花故地"。隋开皇间，赵师雄迁谪罗浮山，醉憩林间，遇一淡妆素服女子,言语间,芳香袭人。次日起身,栖于梅下。故事见《龙城录》。苏轼"月下缟衣来扣门"之句即用此典。

·愿为天下布芳馨·

荣德生先生深情地说:"我没有资本,只有事业。我办企业,办社会事业,不是为自己享福,而是为社会造福。"无锡荣氏乐农为本,以民生行业起家。创业成功后,反哺社会,力度空前。

荣氏家族是无锡各行各业现代化的推进者与引路人,无锡这座江南名城之所以在近现代快速崛起,实在有赖于荣家。市民素质提升、人才培养、城市建设,一山一水、一桥一路,无不留有荣氏的印记,这是一个"为天下布芳馨"的家族。

若说荣氏家族创造的实业航母是以实业报国方式为天下布芳馨,那么荣氏倾力建造的梅园胜境便是以梅花为天下布芳馨。

当前,梅园有五大景区。按梅园实施的时间阶段、区域特征及景区特色,依次为东山景区,包含了梅园始建从民国元年至1922年的前十年内在东山建设的以诵豳堂为代表的所有景点;浒山景区,包含了1923年至1933年内在浒山建设的以念劬塔为代表的所有景点;横山景区,建议将开原寺划入其内;花溪景区,建议将古梅奇石圃划入其内;梅品种国际登录园。这样划分,无论历史角度、时间顺序,景区划分与东山、浒山、横山三座山的关系,景区规模、游览线路、景区特色等各方面相对合理。另一方面,从梅园北部荣德生先生安葬之孔山山巅俯瞰梅园全景,这五大景区就像五片梅花花瓣,组成神奇的梅花五瓣五福花型,这不正是荣家数代人为之共同努力,历尽无数磨难而痴心不改,为天下布芳馨的梅花梦?

旅游攻略:无锡市滨湖区𫞩家湾13号,无锡火车站公交2路、地铁1号线至三阳广场转2号线可达。

景点级别:全国重点文物保护单位,国家4A级旅游景区。

叩问陶朱——蠡园

《蠡湖》
余光中

据说这一带,烟水迷蒙
就是范蠡带西施,当年
扁舟飘飘,橹声渺渺
从历史的后门失踪
始于正史而终于传说
该是最可羡的结局
功成身退,而青史永垂
美人迟暮,不许人偷窥
这一片太湖的内湾
原来是一面妆镜
西施所遗留,却难忘倩姿

竟生出如眉的垂柳
笑声才歇，天色已昏
湖上所有的亭台洲渚
从鼋头渚一直到宝界桥
——都隐入了薄雾

　　蠡园与范蠡共有"蠡"字，古人常将贝壳状的瓢称作蠡。无锡蠡园南部湖面古称五里湖、五湖，其形状如贝壳，故改称蠡湖。

　　功成身退的范蠡可用荣氏梅园诵豳堂内楹联形容："发上等愿，结中等缘，享下等福；择高处立，寻平处住，向宽处行。"

　　风华正茂的范蠡，矢志成就一番旷世伟业，适逢吴越称霸，越国惨败，范蠡见吴国得兵圣孙武和伍子胥辅助，国势强盛，便同好友文仲奔赴越国，文韬武略，扶弱抑强。他舍生忘死追随越王勾践赴吴，三年为奴，驾车养马，忍辱负重，卧薪尝胆，同甘共苦，连施妙计，骗得夫差放虎归山。

　　范蠡、文仲用师父计然子之三策，制定"十年生聚""十年教训"的长期战略，安定民心，发展生产，增强国力；整肃军队，秣马厉兵，暗度陈仓。二十年磨一剑，助越王勾践一雪前耻，成就了春秋战国最后一代霸业。

　　吴灭，文仲不听范蠡劝谏，得了个"飞鸟尽，良弓藏，狡兔死，走狗烹"的结局，范蠡深明祸福相依之理，偕西施，驾扁舟，泛五湖，悠然于山水之间，诚得功成进退之天道也。

范蠡归隐之路并不潇洒,成为亡国奴的吴国百姓对其咒骂之声不绝于耳,至今无锡那条经大运河通往蠡湖的水道仍被称作"骂蠡港"。

两千多个寒来暑往,曾兵戎相见的吴越古国早已湮没在历史的尘埃里,而吴越两地共同缔造的江南胜境,伴随着共同编织的吴越文明和江南文脉,历久弥新。亦如无锡太湖鼋头渚风景区那块著名刻石所言——"包孕吴越"。太湖之滨,吴越两地一衣带水,两岸人民早已把自己融入江南文明伟大母亲的怀抱里了。

在后人眼中,范蠡不仅是辅佐越王的一代名臣,更被世人奉为"商圣"。他富民利生,笑骂由人,潜心研究人工养殖鱼类技术,著有《范蠡养鱼经》,至今无锡南泉中国水产科学研究院淡水渔业研究中心广场上仍高高耸立着这部经典著作的巨型刻石,太湖湖畔的渔民常吟诵着民谣:"种竹养鱼千倍利,感谢西施与范蠡。"

自此,朝廷少了一位逐鹿江湖的文臣武相,民间多了一位经商有道、学有专攻的"渔王"与"陶圣"。他时而为养鱼泛舟的"鸱夷子皮",时而为制陶煮茶的"陶朱公",范蠡西施神雕侠侣,豪迈如斯,于兵法权谋之外,活出另外一番精彩人生。

无锡蠡园的建造者王禹卿也是位商人,这位号称"面粉大王"的智者,怀着无比崇敬的心情将私园取名为"蠡园",实为自比范蠡,膜拜范蠡,追寻在经商之外再造一番天地。

王禹卿,蠡园青祁村人,十四岁进入上海,二十岁被荣氏聘为茂新面粉厂营销主管,因成功帮助荣家开拓东北市场,深得老板器重。这位荣氏企业得力干将,展望火爆市场前景,想一展身手独立办厂。荣德生鼓励年轻人创业,从资金到人才,给予其全面扶持,最终两人选择合股办起福新面粉厂,并从一家合作企业快速发展到八家企业,生意做得风生水起,如日中天。成为"面粉大王"后的王禹卿师从范蠡,功成身退,适时将企业交回荣家手中,衣锦还乡,荣归故里。

1927年,王禹卿受老东家荣德生启发,创业成功后回到家乡择地选址建造心中的山水家园。既然荣家建造梅园时"依山",那么从心底膜拜范蠡的王禹卿,毫不犹豫地"傍水"建造私园。蠡湖北岸宽敞磅礴的湖面和曲折蜿蜒的岸线,深深地吸引年轻豪迈的王禹卿。所谓"仁者乐山,智者乐水",才智过人的王禹卿寻思着:"文财神范蠡曾在此泛舟,我如果在此给他安个家,不就可以与商圣朝夕相处了吗?"在虞循真、郑庭真等前辈的帮助下,历时三年,一座取名蠡园的湖畔私园建成,主要建筑有长廊、曲桥、土岭、湖上草堂、景宣楼、诵芬轩、寒香阁等,占地近三十亩。

1930年,王禹卿的妻弟,另一位从上海创业归来的蠡园陈巷人,在蠡园西侧辟地五十九亩,兴建渔庄,请来浙江东阳叠石专家蒋家元等人,堆了七座大假山,二十余座小假山,历时六七年之久,因抗战爆发,建了三分之一便被迫停止。

1936年,王禹卿儿子王亢元,受欧式湖滨庄园启发,将蠡园东扩,拓地十余亩,历时一年半,筑颐安别业、露天舞池、湖心亭等建筑,在沿湖建旅游饭店,开启无锡风景区营造旅游宾馆之先河。

王禹卿父子在旅游宾馆方面的投资获得巨大成功，位于无锡市繁华商业中心中山南路，融园林特色、古典气息、文化背景于一体的知名酒店梁溪饭店，正是出自他们之手。

1951年，蠡园与渔庄由无锡市人民政府接管。合园后仍称蠡园。1949年后的蠡园有三项较大建设工程，一是将百尺长廊西延二百米与渔庄相连，并改称为千步长廊；二是在渔庄南部建著名景点四季亭；三是蠡园东部新建以春秋阁为主体建筑的层波叠影景区。

1954年，蠡园东部大部分划归无锡市政府接待处，改建成无锡著名五星级宾馆湖滨饭店。

蠡园的假山是无锡所有园林中体量最大，特征也最为明显的。自公园主入口左转，两侧高低错落的黄石石阵，婉如一条曲折盘旋的石弄堂，忽高忽低、忽宽忽窄、忽明忽暗，如入迷宫。古木深处，湖石假山以"云"为题，有"云窝""云脚""穿云""朵云""盘云""归云""留云"等，至归云洞达假山最高峰。

传说中愚公的住处——开门见山，这不就是说的蠡园入口？《红楼梦》第十七回中讲道："贾政命开门进'大观园'，只见一带屏障挡在面前。"众人都道："极是。非胸中大有丘壑，焉能想到这里！"并做了详细形容："白石崚嶒，或如鬼怪，或似猛兽，纵横拱立。上面苔藓斑驳，或藤萝掩映，其中微露羊肠小道。"乍一看，这景色同书中描述完全吻合。

此处黄石堆砌，其妙无穷，不仅用来分隔空间、延长路径，达到以小见大的效果，在山洞里穿来绕去，一不留神，发现自己已身处刚才穿洞的上方，变幻莫测的立体假山，也弥补了江南地区鲜有高山的缺憾。

大文豪郭沫若在《蠡园唱答》云："蠡园在无锡太湖岸上，园中多假山。初游时，颇嫌过于矫揉造作，作五律一首致贬。继思劳动创造世界，实别有天地，乃复作一律以自斥。因成唱答：何用垒山丘，蠡园太矫揉。亭台亡雅趣，彩色逐时流。无尽藏抛却，人间世所求。太湖佳绝处，毕竟在鼋头。汝言殊不然，人力可戡天。宙合壶中大，花添锦上妍。琴声随径转，歌唱入云圆。欲识蠡园趣，崖头问少年。"

无锡蠡园亲水长廊是王禹卿造园最精彩的部分，它是园林工匠精心构筑的绝活，更是古典园林花窗图集的范本。

途经挺拔险峻太湖假山石阵，向东穿过四方亭，到达蠡湖北岸，那蜿蜒曲折的千步长廊，仿佛美丽的西施姑娘挥舞着彩带，临湖而居，翻云浮动。千步长廊由王禹卿始建于1927年，1952年地方政府延伸扩建，与原渔庄相连，总长约三百米。临湖一面，设置开敞的朱栏倚槛，波光粼粼，有"山光照槛水绕廊"意境，北侧依墙，墙上遍开镂空花窗，大多用地方特色的小青瓦铺砌。

中国古典园林大师陈从周在《说园》中论及："园林与建筑之空间，隔则深，畅则浅，斯理甚明，故假山、廊、桥、花墙、屏、幕、槅扇、书架、博古架等，皆起隔之作用。"

蠡园千步长廊之美，美在因地制宜，尺度适宜，因势而筑，变

千步廊

化流畅；美在空间分隔，若隐若现，若在其中，步移景异，它将全园主要景点有机连接起来，给游客提供了遮风挡雨、变化多端的亲水观湖平台。长廊北侧景点既相对独立，又与长廊南侧蠡湖水景渗透交融，灵动而富有情趣。

蠡园的花窗，集江南园林之大成，八十多个花窗图案，式样迥异、种类繁多，主要由植物图案、动物图案、字形图案、几何图案等基本图案及组合图案组成。花窗下列有六十四方青石碑刻，东段有宋苏东坡《洞庭春色赋》《中山松醪赋》等十六方、米芾所书十方、清王文治临魏钟太傅《宣示帖》和王阳明等书十方，由雕刻名师邵晋康题刻。西段有二十六方，有王季鹤录郭沫若《蠡园唱答》、上海女书法家周慧珺《蠡园记》等，由金石世家黄稚圭所刻。这些碑刻，内涵丰富，意蕴隽永，令人遐思无限。

蠡园的四季亭和南堤春晓是蠡园四季赏景人流最多的区域。

从百花山房向南经过桂林天香、濯锦楼等景点，四座形态一致的方亭映入眼帘，亭子各踞东南西北一隅，代表春夏秋冬一年四季，其亭单檐歇山古建筑型制，黄顶红柱，三面置有坐槛靠椅，一面临水。此亭建于1954年，1980年曾面向社会公开征集亭名，无锡名流朱百里、昌亦诚、曾可述、钱玉麟分别为入选的"溢红、滴翠、醉黄、吟白"亭名题匾。四季亭四周分别配植梅花、夹竹桃、桂花、荷花等时令植物，寓意春季万紫千红、夏季绿树成荫、秋季菊黄蟹肥、冬季瑞雪呈祥。这组融绿化、水景、建筑、文化、民风于一体的景点，与不远处桃红柳绿的南堤春晓景点相得益彰，相映成趣。游人来此，四季皆景，诗意无限，宛如身处杭州西湖的苏堤白堤。

邓丽君在歌曲《何日君再来》中唱道：好花不常开，好景不常在。四季亭四季四景，代表群众的智慧，芸芸众生，大家在求同存异的过程中分工又有合作，亭子也是一样，无论你在哪座亭子，都能看到相似的构图和四季鲜花，享受一年四季的景色。

桃红柳绿是蠡园的主题花色，而四季亭周边的睡莲也是别具特色。景区内有荷花品种一百八十六个，睡莲品种四十七个，适于案盆观赏的碗莲就有五十二种。很多人不知道荷花和莲花的区别，其实它们同属睡莲科，荷花的叶片和花都是高出水面，而睡莲是

四季亭

"睡"在水面上。三四月份南堤春晓赏桃柳,品味春的气息,七八月份四季亭畔观睡莲,触摸秋的神韵,多雨时节,暗香浮动,更有一种烟雨朦胧之美。

明代无锡人华淑点评蠡湖和西湖:"西湖之胜:以艳、以秀、以嫩、以园、以堤、以桥、以亭、以祠墓、以雉堞、以桃柳、以歌舞,如美人;蠡湖之胜:以旷、以老、以逸、以莽荡、以苍凉,侠乎?仙乎?而于雪、于月、于烟雨、于长风淡霭。"

明末王永积在《锡山景物略》中提出:"蠡湖缺少的是胭脂,致使西施面上无色彩,如果建楼台、造祠庙、筑湖堤、种花木,蠡湖景色绝不会比西湖差。"

返回入口大厅,穿过别具特色的八角形门洞,由江苏省政协原主席孙颔先生手书的"蠡湖烟绿"题匾悬挂门洞上方。两侧为无锡

最长的一百二十八字"门"字楹联,上联述史,下联叙景,作为蠡园的概括再合适不过。联云:

　　一湖春风秋月,多少事,专诸脍鱼,范蠡著书,千载艳说西施,又道张渤开犊,朱衣复虞俊忠魂,遗王问草堂,高子水居,蓼莪辟青祁苑囿,卜筑历时七旬,蔚然今朝规模;

　　九天夏雨冬雪,几许情,莲叶听声,疏柳裹银,四季妙绘园亭,却说掇石耸翠,南堤映夭桃晓色,有长廊览胜,层波叠影,花木掩高阁低榭,擘画延地五里,灿乎明日图画。

　　旅游攻略:无锡市滨湖区环湖路18号,公交1路及旅游专线可达。

　　景点级别:国家4A级旅游景区。

华夏第一公园——城中公园

如果不是老无锡，要想分清城中公园与崇安寺确实很难。今天的崇安寺是无锡人休闲娱乐的商业中心，是最具无锡味道的地方。

·城市原点·

如果将无锡地图十字折叠，交点即城中公园，而每半点报时一次的老图书馆钟楼恰在交点的正中。

"图书馆"由民国初年无锡县长俞仲还题写。1905年，他作为主要发起人，倡议将荒芜的崇安寺辟建为无锡城市中心公园。这是第一座由国民集资修建的城市花园，建成后即向民众免费开放，故有"华夏第一公园"之誉。

1911年文化名人侯鸿鉴、丁宝书等十二人倡议，在原崇安寺三清殿旧址上兴建一座公共图书馆。翌年"无锡县立图书馆"建成。这是一座中西合璧的巴洛克风格建筑，五开间，三层楼，中间主楼为五层高的钟楼。钟楼顶部有一座中式圆顶观光台，是旧无锡城的最高点。

它曾是全国最早建立的县立图书馆。图书馆大钟使用的是德

"华夏第一公园"石刻

图书馆

制机械自鸣钟。在无锡历史上，大自鸣钟曾有两次鸣响了一百下。1918年11月12日，为庆祝第一次世界大战结束，世界重归和平，钟楼自鸣钟响了一百次。1949年4月23日，为庆祝无锡解放，图书馆钟声再次鸣响一百下。

图书馆不仅代表了无锡的城市高度，也是现代文明的起点。

老一辈无锡人都还记得，1935年10月27日，图书馆内发生的一件大事，无锡第一届集体婚礼在此举行。十七对新人走过广场甬道，人海如潮的广场上，锣鼓喧天，盛况空前。全国除了河北、青海两省外，各省纷纷模仿，社会文明新风尚从无锡飘向全国。

·革命圣地·

"多寿楼"是公园的核心建筑,清宣统三年修建。当时,锡城耆老华海初六十寿辰,约请与其同庚的华子随、吴俊夫等乡绅集资建楼三间,故名"多寿"。国民党元老吴稚晖书额,为当时名贤乡绅的雅集宴宾之所。华文汇,字海初,是同治十二年举人,擅长花卉石头。多寿楼建成后,著名实业家"艺三先生"华文川,写有一副长联:

园成公界　当具公心　望游人护花系铃　务使长春不老
楼以寿名　允宜寿世　愿来者纪筹延算　同为大陆真仙

1911年的11月6日,小娄巷佚园主人秦毓鎏在城中公园集合队伍起义,在多寿楼的阳台举行誓师仪式,随后攻占锡金两座县署,废除宣统年号,宣告无锡独立。数不胜数的历史事件与此地有关,如中共无锡支部成立、无锡市共青团支部成立等。

1949年10月2日,在中华人民共和国成立的第二天,无锡各界代表相会崇安寺北侧的皇后大戏院,召开隆重的庆祝大会,并于城中公园升起无锡第一面五星红旗。公园内塑有抗战胜利纪念塔,秦起烈士的一尊铜像,堪称无锡革命的摇篮。

1949年初期,工商巨贾举棋未定,许多资本家都在暗中观察荣德生先生的态度。这位无锡民族工商业代表派遣代言人钱孙卿

多寿楼

次子钱锺汉主动与共产党接触。在工厂保护等方面达成共识后，荣德生留儿子荣毅仁在国内护厂护商，迎接解放，令次子荣尔仁从香港赶回来稳定民心。

无锡解放第二天，荣德生从容不迫，神态自若，选择城中公园作为起讫点，乘坐黄包车护市巡城。他逢人便说："开店，照样做生意，厂里马上开工，共产党保护工商业，不用怕。"荣先生此举好似定海神针，堪为爱国爱乡之典范。

·历史积淀·

历史上的崇安寺"漂浮在水上",箭河、弦河环绕,今天的城中公园仅有"白水荡"的遗迹了。

水荡在北方地区不常见,指的是低洼积水处或是水不深的湖,正是这种微型的"湖泊"构成了江南特色的山水园林。

明代王永积的《锡山景物略》载:"白水荡,在盛巷西,旧三十余亩。为春申君行宫。内有蛟穴,通太湖,深不可测。"无锡建于汉代,若以空间论,锡城是在白水荡的基础上慢慢扩建而成的,而从时间纬度展开,春申君对无锡的经济发展起到了承上(泰伯)启下的作用。

东晋,官拜会稽郡内史、右军将军的王羲之钟情于无锡山水,在春申君离宫后花园遗址上修筑宅院,辟一方泓碧,池中放鹅、洗砚。

书圣还乡养老之际,淡泊名利,舍宅为寺,名"兴宁寺"。北宋太平兴国二年,兴宁寺名改为崇安寺,沿用至今。

全盛时期的崇安寺,东起新生路,西至中山路,南起人民路,北近芙蓉门,几乎占小半个县城。寺院山门上书"梁溪首刹""吴会名胜"。山门后建有金刚殿、大雄宝殿,东西两侧长廊分别连接钟楼与观音殿。崇安寺的最高建筑为五层高的大悲楼,上有藏经阁。大悲楼前一方水池即为王羲之洗砚池。

崇安寺有一隐藏功能。在封建时期,凡是州府必须建造为皇帝祈福的万寿宫，每逢大典，崇安寺履行了万寿宫的作用。直到光绪五年，知县廖纶建造了重檐攒尖顶的"圣谕亭"，无锡人把它叫作"皇亭"，这属于古代最高建筑等级。皇亭位于景区西侧，现在改为休闲小吃的集中地。

"洞虚宫"与崇安寺隔墙为邻，始建于南朝梁大同二年。观内有雷尊殿、火神殿、长生殿、三清殿、玉皇殿等建筑，是无锡城内最大的道观，也是江南道教音乐的传习中心之一。中国音乐大师阿炳的父亲华清和即为雷尊殿的道长，后传与阿炳。

西有佛寺，东设道观，千余年来，各施教化。

明天顺年间，副都御使无锡人盛颙，在白水荡盛巷建花园"后乐园"，花园内疏池叠山，种竹植树，今位于崇安寺东北部。盛颙另建有一座精致玲珑的书院园林"方塘书院"，宣讲儒家学说。

到明朝末年，崇安寺地区形成了西佛、东道、北花园的园林格局。从崇安寺到洞虚宫，再到方塘书院，佛、道、儒三家共同守望着无锡的老城厢。

今天的城中公园，已难以找寻任何历史遗迹，但茶余饭后逛逛城中公园，品味深厚的文化韵味，感受和谐的城市生活，已成为寻常百姓生活的一部分。

公花园东门

·城中公园·

雍正时期无锡分为无锡、金匮两县,两县士绅共同修建、共同享用"锡金公花园",辛亥革命后两县合并仍称无锡,公园更名为"无锡公园",但习惯仍称"公花园",中华人民共和国成立后,沿用1935年所题"城中公园"。

城中公园延续崇安寺总体构架,大致分为东、中、西三大区域,东区以白水荡为核心构成自然山水区,中区以图书馆、阿炳故居为核心构成历史人文区,西区以皇亭为核心构成现代商贸区。

曾经的崇安寺已经在历史的烟云中渐行渐远,今天的城中公园对无锡人来说,成为主城的文化象征与灵魂所在。

旅游攻略:无锡市梁溪区公园路14号,无锡市火车站公交11路、20路、地铁1号线可达。

景点级别:全国重点文物保护单位。

秦毓鎏的退隐之所——佚园

百年辛亥，沧海桑田，近代史上的无锡有腥风血雨、荡气回肠，也有小桥流水、人文隽秀。有一位褒贬不一却又不得不说的传奇人物，他就是与孙中山、黄兴、鲁迅、印光法师交集颇深的秦毓鎏。

古时的无锡堪称东方的威尼斯，水网密布，百姓沿水而居。锡城最著名的商业街中山路原为一条直河，是老城内重要河流，还有秦邦宪故居所在的崇宁路，即历史上的六箭河，古称师古河，是锡山秦氏的重要分支"河上秦氏"的世居地。全盛时期，师古河两岸栋厦云连，鳞次栉比，大都为秦氏后裔所居。

六箭河北岸的文渊坊附近有座无锡最小的山，山名"金匮"，高七八米，周三百米，传晋郭璞埋黄金符匮于山下，以镇龙气，百姓时见紫气腾于上，故亦名紫金山。山中原有黑白二色玲珑小石，后山平石尽，松竹亭台，湖石环绕。明正德时，在此建"淮海秦先生祠堂"，祠秦观、秦湛等秦氏先贤。

"淮海祠堂"东北的小娄巷，是秦氏重要的分支聚居地，始祖为秦焕。小娄巷秦氏的"福寿堂"，由秦焕建于清光绪年间，前后七进，东面有百米长备弄将各进住宅相连。民国时期，福寿堂前三进由秦焕、秦同培、秦毓钧、秦毓浏四人共执，第四进属秦毓钧，第五进属秦同培，第六进属秦陈兰荪，门牌总号为小娄巷50号。

秦毓鎏故居位于"福寿堂"七进住宅的最北端，主入口位于北侧福田巷，福寿堂备弄北端有一个朝东的次入口。秦毓鎏于宅西建园，形成"东宅西园"的格局。

故居为晚清民居风格，主要由四幢建筑、四座院子组成。正屋名"竹净梅芳"之榭，西侧有客厅"水竹轩"。均为三开间歇山顶单层建筑。东侧有两幢三层小楼，并排列座，西名"澄观楼"，东为"鸧鹒楼"。

从福田巷主入口进入故居，中西合璧的庭院呈现眼前。由澄观楼、鸧鹒楼屋北回廊，与西部连廊围合成一个庭院。澄观楼、鸧鹒楼屋南，与福寿堂第六进，又围合成一个精巧的生活小院。小院西部有一个月牙形门洞，门楣镶嵌着一幅扇形砖雕，阳刻篆书

佚园正门

"佚园"。

自月牙形门洞进入佚园,眼前豁然开朗,一座玲珑精致的江南园林展现眼前,东侧是回廊,南部叠有假山,西部是一带景墙,北部有主体建筑"竹净梅芳"之榭和"水竹轩"。小小院落,亭台、楼阁、假山、水池、山坡各得其所,卵石、青砖铺设园路,黄石、太湖石峰、土坡、池沼等分隔空间,高低起伏,收放有序,占地仅二亩,深得秦氏寄畅园"平冈小坡"造园要旨。

竹净梅芳主屋的北侧,与围墙构成一座农家后园,古井一口,素竹几丛,菜畦一垅,桃李芳菲,杏梅争艳。

佚园的西南角,有清式六角小亭一座。单檐攒尖顶,取名"双峰亭";亭旁原有焚香石鼎,为庆历旧物。亭前园路用黄石点缀,蜿蜒盘桓至水竹轩前,看似无意,实则有心,简朴自然。

佚园西侧的景墙镶镂空花窗，用江南小青瓦拼花图案构成，清新淡雅，虚实映衬，空间灵动。景墙旁有两座太湖石独峰，高可丈余，一曰畏垒，一曰瑶芝，"双峰"之名由此而来。太湖石与双峰亭之间，松林相间，高低错落，水竹轩前数丛芭蕉。

佚园之游自石虎岗始，登朱樱山，过观瀑桥，仰澄观楼，经竹净梅芳，探北菜圃，沿边廊至竹净梅芳之榭前厅，临水池，坐双峰亭，以芭蕉林终，主人心曲，逸境通幽。

佚园南部为人工堆筑的朱樱山，山半种有樱花，为秦毓鎏父亲手植，"花时绯英满枝，璨璨耀目。"（秦毓鎏《佚园记》）山的北坡，用黄石依势堆成假山，取名"石虎岗"，岗上有台，可秋宵望月；台下有洞，勾连东西。石虎岗与西南"双峰亭"之间，即由黄石石洞相连。竹净梅芳正南有水池、观瀑桥、枣泉，以及东部有长廊、枫台，这是佚园精华所在。

从朱樱山山腰的碎石石径，盘旋以达山巅。登高东望，城墙雉堞参差，风帆往来城外，历历可见。西望惠山，峰峦起伏，如列翠屏，似陈笔架。烟云变幻，朝夕殊景。山色岚光，尽收眼底。在朱樱山腹，砌石为泉，取名"枣泉"。池旁古枣荫之，黄杨倒垂，树影婆娑。池中流水潺潺，鱼翔浅底。雨后的佚园，更有一番闲静雅致之意境。

东楼名"鹪鹩楼"，源自《庄子·逍遥游》："鹪鹩巢于深林，不过一枝。"正如暮年秦毓鎏《佚园记》中所云："余虽不足言老，然欲不自佚而不可得矣。吾之以佚名园，职是之故。"

秦毓鎏（1880—1937），字晃甫，号效鲁，无锡小娄巷人，出生仅十二天母亲病逝。爷爷秦焕、父亲秦谦培先后中举。秦毓鎏无意科考，接受新学，先后入南洋公学、南京水师学堂读书。二十二岁时自费赴日留学，就读于日本早稻田大学，为革命思潮影响，与张继、苏曼殊等组织青年会，从事反清活动。回国后与黄兴、宋教仁等在长沙发起组织"华兴会"并任副会长，辗转长沙、上海、广西从事地下工作，直至龙州起义失败回乡避难，其间九死一生。

1911年11月5日晚，从上海返回家乡的秦毓鎏，在佚园秘密召集吴千里、孙保圻、吴廷枚、许嘉澍、钱鼎奎、钱基博等数十位进步人士深夜议事，商讨辛亥革命无锡起事之大计。次日上午，起义力量与数千群众在城中公园多寿楼前誓师出征，奔赴无锡、金匮两县县署，宣布废除宣统年号，改用黄帝纪年，并通电各地，宣告无锡独立。这是秦毓鎏人生最光辉的一页。

起义成功后，秦毓鎏被推举为锡金军政分府总理，后称司令。南京临时政府成立时，孙中山先生任命秦毓鎏为总统府秘书，负责编练锡军，参与北伐。后被任命为无锡县民政长、县知事、县长。

他奋发有为，为无锡人民做了许多好事、实事，号称"华夏第一园"的城中公园就是在他手里建造的。新开光复门、连通火车站至城中心、集资建"县立图书馆"等都是他的功绩，这些善举荫及百姓，功标青史。

秦毓鎏随黄兴起兵"讨袁"，受挫入狱，在狱中热衷研习庄子学说，著有《读庄子穷年录》二卷。后经地方名流多方奔走呼吁，被捕三载的秦毓鎏提前释放。秦毓鎏这位国民党元老在县长位置五进五出，顿生解甲归田、离尘脱俗之念。平生至交黄兴的英年早逝更令他心如古井、万缘放下，发起成立"无锡佛教研究会"，并效仿寄畅园秦氏先贤，营造"佚园"，杜门养疴，作终老之所。孙中山先生亲书"乐天"二字相赠。过了知命之年的秦毓鎏赴谛闲法师处皈依，得名"圣光"。民国四大高僧之一的印光法师曾到无锡传法，秦毓鎏一见倾心，随侍左右。太虚大师讲道无锡之际，秦毓鎏热情迎接，引入佚园，祛衣请业。

无锡近代以荣、唐、杨、薛四大工商家族最为杰出，作为无锡历史上著名的"文献之家"，主政锡金的秦毓鎏无愧为近代的代表人物。

旅游攻略：无锡市小娄巷历史街区50-10号，无锡市福田巷可入。

景点级别：无锡市文物保护单位。

杨味云的安乐窝——云薖园

和杨味云的百味人生相比,他的云薖园饱含着玲珑静雅的民国风范。中国古典园林与西洋建筑在这里完美结合,让人不出城廓而获山水之怡乐,身居俗世而得林泉之性灵。

小娄巷的佚园(秦毓鎏故居)与长大弄的云薖园(杨味云故居)分处一东一西,是无锡老城区两座保存较为完整的私墅园林。

两园的建造既同根同源,精致典雅,玲珑古朴,深得江南古典园林之精髓,又各具风范,建筑风格大相径庭。佚园为纯正的明清建筑风格,云薖园为西洋建筑、石库门建筑、明清建筑三者交融风格。

秦毓鎏造佚园是历尽艰辛、宦海沉浮后的心灵栖息，杨味云则是长袖善舞，人生得意，建造云薖园作为休养生息的安乐窝。

·旗杆下杨氏·

无锡近代史上有荣、唐、杨、薛四大家族，都是近代工商业巨鳄。杨味云的祖上是其中的杨家。

杨味云的伯父杨宗濂（1832—1906）、杨宗瀚（1842—1910）为李鸿章幕僚，二杨所创业勤纱厂是无锡第一家近代企业。

无锡老城北门旗杆下杨家，是锡山杨氏聚居之地，杨宗濂是第九代，后逐渐扩展至道长巷、大长巷、长大弄一带，为晚清至民国时期崛起的望族。

杨味云是杨宗濂幼弟杨宗济之子。他生于北门旗杆下，光绪年间中举。二十九岁随时任山西按察使的杨宗濂幕府做事，三十一岁回锡助二伯父杨宗瀚管理业勤纱厂事务。三十三岁入京任职内阁中书，三十五岁任商务部主事。

三十七岁的杨味云以参赞身份随北洋政府重臣载淳等五大臣出洋考察政治经济，历时一百五十多天，行程九万里。次年回国后翻译出版西方政治经济专著六十余部，极力推行宪政体制。此后，曾担任度支部丞参兼财政清理处总办。民国年间任盐政处总办、山东财政厅厅长，其间促成了顾毓琇的留学美国。二十世纪二十年代，杨味云逐步退出政坛，先后在青岛、唐山等地开办华新实业分厂，组建雄居北方的华新纺织资本集团。中华人民共和国成立之前病逝于天津，终年八十岁。

杨味云的儿子杨通谊是著名爱国科学家，麻省理工学院终身荣誉院士，其妻为荣毅仁胞姐荣漱仁，荣毅仁夫人杨鉴清为杨味云侄孙女。

·闹市里的静处·

穿过繁华的大成巷商业步行街，南折到长大弄，一座深藏不露的私家园林——云薖园静静地安处其间。它的东面不远处，著名的"俟实学堂"（今无锡市连元街小学）是无锡最早的近代学校，它的创建人杨模属于学前街的另一支杨氏。

二十世纪初，宦游生倦的杨味云修建云薖园为退隐之所，取名"云薖别墅"。园中现存二层小洋楼一幢，楼前凿春水池塘，并叠石为峰，状若游龙，蜿蜒迤逦。亭子、水榭，掩映在秀林之中，一草一木、一花一石都散发着主人那沁透骨髓的风雅。

整个庭院占地仅四亩，功能分区明确，由三部分组成，东面入口处为序厅，中间由轿厅、正厅、后厅组成的四合院空间，用于对外接待。西面为私家花园及主人居室等私密空间。

云薖园正门面东，进院为三开间硬山墙坡顶瓦房，作序厅之用。向西走几步，有一精致小院，作过厅。小院设石库门洞，上挂"云薖园"砖匾。经过厅达四合院，三宅从南至北平行布置，为明

云薖园正门

清时期江南大户人家常见的三开间坡顶瓦房。正厅东侧另有小院一处，内有西式两层楼房一幢，名"云薖楼"，为现任宅主、杨味云之孙杨世缄举行婚礼之宅。

云薖园正厅西部最精彩。杨味云的胸襟情怀体现在私家园林的水石花木之中。月洞门额"云薖"由杨味云亲书，端庄中不失闲云野鹤之态。过南北长廊有八角攒尖亭一座，名"柱笏亭"，是对月吟诵、西望惠山的养心之所。

亭前一泓池水，占去园林的三分之一，凿池理水，种荷养鱼；湖石驳岸，高低错落；繁花古树，交相映衬。池西北亘两折石桥一座。西南转角处，"停琴榭"邻水而建，主人于此抚琴弹唱，饮酒对

裘学楼，又名小白楼

弿。池北裘学楼为两层三开间西洋建筑，因洁白外墙，无锡人称"小白楼"。下有书房客厅，上为主人卧室，此幢建筑是杨味云最钟情的"安乐窝"。

云薖楼与小白楼为通晓西学的杨味云亲自设计，兼有江南私家园林的玲珑清幽和西式建筑的庄重典雅。"阶竹斜侵户，檐花倒入帘"，主人自云："适然而有之，适然而居之。"这座历尽近代百年风云的云薖名园，水石草木，无不诉说着主人风流跌宕的传奇人生。

杨味云的百味人生已成过往，从中举时的欢欣，到出洋时的探究，从为官时的沉浮，到经商时的跌宕，最终归于退隐时的安乐与洒脱。这座中西合璧的云薖园依旧属于杨氏，主人杨世缄秉持家族与时俱进的传统,为无锡人民奉献了一处难能可贵的文化雅集之所。

这正是"平生贯华阁,大隐钓璜溪"。

旅游攻略:无锡市长大弄5号,无锡市火车站公交8路、地铁1号线可达。

景点级别:无锡市文物保护单位。

万古灵迹——善卷洞

善卷洞风景区位于天目山余脉螺岩山上,从世界三大奇洞之一的神妙中感受"天地有大美而不言",探究国宝级文物"国山碑"、绝世"活化石"银缕梅以及梁祝文化,不禁感慨文化的奥妙,惊叹造物主神来之笔。

滴水石长,百年时光不过一瞬间,洞中倒挂的石钟乳,三十年长一厘米。善卷洞口,两株树龄近百年的母子银缕梅,相守于山洞的两旁。银缕梅是被世界植物界视为"活化石"的一级濒危树种,恐龙时代已然存在。

相传古代有一人名善卷,舜以天下让之,未料他推辞不就,遁世山中,"高蹈辞天位,熙熙太古风",日出而作,日落而息,不求闻达于世,但求平淡率真,洞名由此而来。

这座百万年前形成的"万古灵迹"一直吸引着文士墨客。游圣徐霞客毕生多次畅游善卷洞，其母八十高龄时亲自陪同儿孙一起游历阳羡奇洞。可以说霞客先生对溶洞世界的着重探索是以宜兴善卷洞启蒙的。

·"沧海何从变石田"·

善卷洞是经历天地巨变后留下的遗迹。明清时期"东林老讲师"无锡钱肃润在《善卷洞》一诗中写道："劫灰不使埋丹灶，沧海何从变石田。"三国时期，善卷洞称为"石室"。洞外奇峰环绕，南朝时又称"九斗洞"。天灾人祸，洞穴几近废弃。二十世纪

善卷洞牌楼

"百病消除"题刻

二三十年代，民国著名乡绅储南强先生对善卷洞贡献尤大。他变卖家产筹资修缮开发善卷洞，一斧一凿，殚精竭虑，百折不挠，方营造了这场灵动大气、光影与岩石对话之盛宴。二十世纪三十年代，无锡梅园园主荣德生先生，在储南强的溶洞修缮万难之际，慷慨捐赠了所需水泥。竣工开放之际，储南强恭请荣先生光临盛会。荣老身体不适，仍坚持亲自赴会，刚游完此洞，忽觉神清气爽，这才有了荣先生题"百病消除"之墨宝。如今的题字由其子荣毅仁先生重书。

善卷洞约五千平方米，长约八百米，四洞组成。洞洞相连，层层相通，错落有致，浑然一整座石雕建筑，令人叹为观止。

游览主入口设在中洞，先游中洞，再游上洞，后游下洞，最后游水洞。中洞是个天然的大石厅，高大、宽敞、深远。四周巨石林立，"两行狮象正当前"，故称"狮象大场"。

上洞景观丰富，有"倒影荷花""万古双梅""熊猫小居"等景点。而"乌龙吐水""金鸡独立"景观，则是历史上海水冲刷的遗迹，为研究善卷洞的形成提供了实证。

上洞奇妙之处在于"云口"。巨大的岩石，阻隔了洞内对流的空气，造成了上洞与中洞的温差。上洞常年温度保持在二十三摄氏度左右。由于温度差异和水汽蒸腾，上洞云雾弥漫，如临人间仙都。

离开绚丽迷蒙的上洞，穿越"百病消除"题壁，来到了下洞入

溶洞奇观

口处"梯口",此处有"风雷门""波涛门""金鼓门""万马门"四道门。石崖的瀑布声和下洞的流水声,经过回折激荡,产生强烈共鸣,在四道门分别形成了风雷交加、波涛滚滚、金鼓齐鸣、万马奔腾等不同的声响。下洞好似一条狭长的立体走廊:身旁流水潺潺,头顶众多象形动植物,石壁挂满各种形似香蕉、扁豆、黄瓜、黍包、辣椒等农作物的钟乳石,神鹰、老寿星惟妙惟肖。

下洞往下即为水洞,又称龙洞,"百尺虬龙犹在山",这是一条长一百二十米的暗河。水洞泛舟,曲折荡漾,天穹压顶,船在水中行,浆在天上撑,藏书家吴骞感慨道:"只看树色连云色,不道风声是水声。"

·梁祝文化"碧鲜庵"·

梁祝传说,有四大版本,宜兴版本最为学术界认可。南宋初年薛季宣在《游祝陵善权洞》中写道:

> 万古英台面,云泉响佩环。
> 练衣归洞府,香雨落人间。
> 蝶舞凝山魄,花开想玉颜。
> 几如禅观适,游鲔戏澄湾。

原注云:"寺故祝英台宅。唐昭义帅李蠙尝见白龙出水洞而为雷雨。今小水洞存鼍鱼四足。"清晰地讲述了善卷寺的来历，并佐证南宋已有英台化蝶之说。

善卷洞下洞出口有一座古老的四角碑亭，碑上"碧鲜庵"乃唐代大司空李蠙所书。唐代的"庵"乃书院之意。碑后为"晋祝英台琴剑之冢"。碑亭对面的蝶亭，依崖而筑，每年农历三月，山水间飞舞的彩蝶好似梁祝精灵的化身，遂定农历三月二十八为观蝶节。祝陵村、梁家庄、祝家庄、观音堂、荷花池、双井、九里亭等"十八里相送"场景吸引了多少鹣鲽情深的眷侣。

碧鲜庵

二十世纪九十年代，善卷洞后洞重建了"三生堂""祝英台读书处""英台阁"等明清园林建筑，恢复了全盛时期善权寺（善卷寺）景象。楹联书写："一身转世三宰相，三生造寺一因缘。"赞美唐代大司空李蠙、北宋宰相李纲以及南宋大学士李曾伯三位李姓名臣对梁祝文化的传扬。

·三国至宝国山碑·

"善卷洞"坐落的螺岩山向西不远,海拔三百四十三米的离墨山西南岗坡,有"古荆溪十景"之一的"国山烟寺"。

据当地县志记载,三国吴孙皓天玺元年,阳羡令向吴王上表,报告阳羡山突然石裂十余丈,并发现石室(即善卷洞)。孙皓以为是祥瑞,遂派司徒董朝、太常周处到阳羡县封禅,改阳羡山为国山,并刻"国山碑",详细记载了其事。这是最早的江南地震资料记载。

石碑高八尺,围一丈,碑形如鼓,四面共刻一千零七十五篆字,字径二寸,为三国东吴著名书法家苏建所书,国山碑虽仅六十多字能看清,但古朴圆转、体势雄健的秦汉篆书遗风,极为珍贵,是宜兴仅有的国家级文物保护单位,承载了厚重的吴地文化。

国山碑

寻访梁祝文化以

及国山碑的同时，螺岩山品茶鉴陶，离墨山食味山珍，更添意趣。溶洞奇观、千年古寺，善卷洞景区无愧"万古灵迹"之称号。

旅游攻略：宜兴市张渚镇善卷村螺岩山，宜兴市汽车总站202旅游专线可达。

景点级别：国家4A级景区。

寻访周朴园——周新古镇

《雷雨》是戏剧大师曹禺先生的扛鼎之作。周朴园那句"无锡是个好地方",使得本就名声在外的江南古城更加出名,而且对于周朴园的原型,很多人猜测是周新古镇的建设者周舜卿。

·"周新"由来·

无锡民族工商业先驱丁明奎(1816—1898)的"利昌煤铁行"专造航海铁锚,业界久负盛名,又称"丁家太平锚"。丁明奎热心慈善,造福乡社,于同治八年修建了锡南各乡进城必经的扬名大桥。大桥风格古朴典雅,桥身长虹卧波,至今已成为无锡人共同的文化记忆。虽然全长只有四十二米，但是放在晚清绝对是一项了不起的工程。

旧时庙桥港与闪溪河一带有河畔高墩，民间称东垾。十六岁的周舜卿（1852—1923）跟随族叔到上海，投奔鼎鼎有名的丁明奎老板，在"利昌煤铁行"做学徒，几经波折，终成大器。1902年"煤铁大王"周舜卿衣锦还乡，选址东垾，购买土地百余亩，独资建立"周新镇"，意即"周家新造街镇"。

·周氏创业·

周舜卿三年学徒生涯中，起早贪黑，眼到、手到、口到、心到，留心生意，善于学习，敏锐感知十里洋场英语必不可少。他节衣缩食，白天学艺跑街，夜晚长途来去补习英语，买两个"朝板"（长饼）或"盘香"（圆饼）充充饥，风雨无阻，寒暑不断。

吃苦耐劳、诚实守信的周舜卿因为一口流利的英语深为英国人帅初赏识，诚邀其入职怡和洋行。光绪四年，帅初出资在上海四川路开设"升昌煤铁五金号"，聘其为经理。周舜卿不到三十岁便从一名小小学徒一路连升至洋行高级买办。

三年后帅初不幸病逝于英国，周舜卿立刻封存所有库存资产，盘点历年账目，库存物资一样不少，出入账目分毫不差，手捧总账敦请帅初之子来沪接收遗产。帅初之子大为感动，谨遵父命，除了提取三万两盈利，其余资财悉数赠予周舜卿。

周舜卿遂以"升昌"为基地，不久已在海内外开设了七家分行，因为重信用、口碑好，生意迅速扩展到江浙等地，并在上海开办"新昌冶坊"，自产自销铁锅，兼营实体经济，事业发展得如火如荼。

光绪十八年，周舜卿审时度势，初始涉足其他行业。于家乡东埠新办"裕昌祥茧行"，并设数处分行，为怡和洋行收购蚕茧。光绪三十年，周舜卿购置缫丝机九十六台，在家乡创办第一家机器缫丝厂"裕昌丝厂"，直销欧洲。

其后周舜卿涉足典当行，家乡新办"保昌当铺"。光绪三十二年，周舜卿于上海首创私营"信成商业储蓄银行"，并取得印发钞票特权，又陆续在全国各地开设分行。周氏事业步入鼎盛期。

·"周新"问世·

逢年过节，在上海风生水起的"煤铁大王"周舜卿都会返乡，衣着朴素，吃用简单。他喜与家人相聚，与邻里热络，父老乡亲有难相求，总是有求必应，念及邻里缺乏生活设施和游乐场所，萌生了建造新市镇的心思。

闪溪河边庙桥港（又名南骂蠹港），东埠众水交汇，沿河有俞、杨两姓十几户，附近尚有百余亩空地，进城班船在此靠岸，北去一公里即周氏小园里老宅。

周舜卿先制定了俞、杨两姓村民的拆迁补偿以及回迁办法，

庙桥港

村民极为满意。闪溪河支流南北向穿镇而过，故采用"州"字形结构：南北向，以水为轴线；东西向，以街为轴线。一水两岸一横街，空间肌理明晰。

两年间架桥铺路，筑舍设店，桥港两岸，东宅西铺。看着新市镇、新生活、新生命，周舜卿感慨万千，奋笔题书——"周新镇"，是为1902年。

· 周新特色 ·

大运河经周新逶迤南行，过梁塘河，汇五里湖于金城湾。周新古镇水到"渠"成，梦里水乡，渔歌唱晚，"本有瓜葛旧，况乃桑梓情",周舜卿福泽乡里,名传后世。

周新镇沿河东岸建有两层过街楼式民居,底层沿河滨水骑廊(俗称"凉棚")长三百米,上铺两米宽石板路,典型的晚清江南水乡风貌。

小河西岸,房屋临水而建,有一小部分建于水面,下方用石条打桩,临河靠窗的地面铺上木板,缝隙中可见潺潺流水。

三米宽的石板路如珍珠一般串联起两边的商铺。周新桥将石板路分隔为南北两段,俗称"南街头""北街头"。周舜卿用四个大石墩,几块大石板,架设周新桥,东接西联,将三百来米的沿街店铺融为一体,西段长约二百米,直至"裕昌丝厂"公房及办公楼。

临河民居、古桥、古街、祠堂、学校、戏台、商铺、工厂,形成了

南街头

配套齐全、井然有序、气韵生动的江南水乡特色小镇。正是"一川烟水照晴岚,两岸人家接画檐"。

·周新老字号·

新镇落成,周舜卿带头开设米行、茶坊、糟坊、典当行、日杂商店,吸引四面八方的村民来此经商创业。全盛时期的周新镇,庙桥港西岸、石板路两侧商铺鳞次栉比,南街头、北街头大小店铺三十余家。南街头沿河有天生堂药材店、稻香村、赵德良南北货、陈兴度山地货店。南街头石板路西侧有周仁大饭店、宣菊忠日新南货店等。北街头有铁匠铺、箍桶匠铺、竹匠铺、粮店、米店等。古镇茶馆店有三五家之多,其中周新桥东堍的"南新茶楼"和西堍的"得意茶楼"生意最为红火。南街与闪溪河交界转角处,配置了救熄会,还有电灯、电话等公共服务。这里汇集了无锡老城所有的日用百货,四邻八乡的村民人潮涌动,盛况空前。

1. 南新茶楼

南新茶楼位于周新桥东堍南侧,为四开间木排门两层楼临街店铺。底楼西端设老虎灶,其余三间摆十多张八仙桌,东西两端靠壁设通往二楼雅间的木楼梯。二楼临街有露天大阳台,阳台与室内用彩色玻璃镶嵌的落地木门隔断。楼上靠北正中设小型戏台,下午、晚上经常有说书或唱滩簧,是古镇最具人气的休闲娱乐场所。

露水才生，老茶客们手挎竹篮，放紫砂老壶，坐到熟悉的茶馆熟悉的位置，与熟悉的茶友扯扯"老空"，高兴时唱几句锡剧，其乐融融。

南新茶楼由庙桥港东岸（二巷）的童养媳周杏妹于1909年创办。周舜卿大力扶持，亲为题名。

周舜卿自家经营的得意茶楼就在河对面西桥塥，他却如此照顾南新茶楼，是何缘由？

原来，贫苦出身的周杏妹，九岁来到戴家做童养媳。丈夫是个哑巴，婆婆是远近闻名的接生婆。寒冬之夜，周舜卿的管家敲开了杏妹家的大门："周家怀孕的儿媳妇难产，周老爷请你速去！"已得婆婆真传的杏妹，带上工具，即刻出门赶到小园里周家，顺利接产。周舜卿将感激之情铭记心头。

抗战时期，南新茶楼曾是太湖游击队的重要联络场所。

2. 德生堂药材店

位于横街西段的德生堂药材店由周舜卿创办。门面朝北，二开间二进深。北面店堂，南面库房兼加工场，中有天井相隔。店内有经理一名，七八名伙计，设堂医，清末民初无锡本地有名的中医蒋文蔚、许汉清等名家都曾受聘坐堂。德生堂药材店除了治病救人、施医送药外，对穷人半卖半送，对孤寡老人常分毫不收。宅心仁厚、济世利民的周舜卿赢得了"大善人"的好口碑。

3. 吴信泰漆匠铺

位于周新桥东塊小河浜旁的吴信泰漆匠铺与南侧张卓仁故居隔河相望。店主吴彩山，外号阿盘，师从"南三乡"著名漆匠钱彬，刻苦学艺七八年，出师，参与建造周舜卿故居。

4. 稻香村

"稻香村"位于周新桥西塊临河。店主华辛如心灵手巧，各种茶食深受老百姓喜爱。特别是"枇杷梗"（即今之"油京果"），形如枇杷梗一样的空心面杆，经油炸、糖渍后，香甜脆口，回味无穷。还有"雪枣"，与"枇杷梗"不同，外形细如小枣，外表裹着厚厚的粉糖，又甜又软，老人小孩尤为喜爱。

5. 海棠糕与梅花糕

"海棠糕"是设在横街西段的门店特产。夫妻俩经营，男的制作，女的管账。有赤豆、果脯、瓜子肉、核桃仁等馅心品种，连同老街上摆摊的"梅花糕"成为热销的地方美味。

·俞文彬故居·

一俞姓老农拉牵着十七八岁的儿子，寻到回乡新建市镇的周舜卿说："我儿俞文彬，读过几年私塾。只要你带他去上海学生意,我不要什么补偿,还会帮助乡里,支持新镇建设。"周舜卿欣然同意,同时许诺乡亲们:凡去上海学生意的,赶快来报名!既有补偿,又解决家中子女的出路。就这样,看似复杂的腾地拆迁、回迁工作,在欢乐祥和的氛围中顺利完成。

十几年后,俞文彬成了周舜卿上海公司的账房先生,荣归故里,在南街街梢盖了气势宏大的俞家宅院,现位于闪溪河北岸,保存完好,正对古色古香的俞家石桥。

"俞宅"分东、西两路,东路为俞文彬故居(俞甲里74号),晚清江南民居风格,硬山式屋顶,马头形封火墙,南北五进,庭院花木葱茏。前厅后院、前堂后舍,布局对称。一、二两进三开间,三进以后扩至四开间。东面以南北向敞廊、备弄相连接,备弄周边辅设厢房,点缀小天井。

·张卓仁故居·

庙桥港东岸沿河过街楼东侧,原有张卓仁、张卓贤兄弟故居各一幢,现存其一。

张卓仁(1876—1929)幼名根生,扬名乡南桥人。十二岁赴上海制造局当学徒,经过不懈努力于多年后自营"张顺泰铁行",号称"铁业大王"。1915年创办"协记商号",自置轮船七艘,经营长江以及亚欧航线,暮年衣锦还乡于庙桥港东岸二巷建宅,即现存的张卓仁故居(周新中路47号)。

张卓仁故居

  此中西合璧的民国石库门小洋楼与北侧周新桥原有溪河相隔，小桥相连，前后三进，前堂后宅。故居第一进为门楼过厅，砖雕石刻，雕镂精美。第二进大堂，高两层，楼上楼下一色大红雕花落地门窗，高大轩敞，富丽堂皇。第三进为两层围廊式住宅，西洋建筑风范。故居进深约四十五米，南有庭院，北设天井。

  张卓仁兄弟虽与荣宗敬年龄相仿，却较多地接受西方文化的熏陶，故其故居与河西的周舜卿、俞文彬等纯正的江南民宅有天壤之别。

·周舜卿故居·

周舜卿旧居位于梁塘河与圩田河之间的小园里，周新镇俞甲里81号，园中辟荷花池，堆叠假山，建曲桥，广植名贵花木，并筑有小洋楼，名"观山楼"，1949年后曾作东绛乡政府使用，后又改作粮库，二十世纪八十年代改造为三层楼厂房，目前闲置，唯见进口马赛克地坪、月牙形水池、中西合璧的深墙院门，以及古老苍劲的白皮松。

周舜卿的"慎余堂"建于1895年，原为一路七进前宅后院，后院临横街西段而设，内设丝厂办公楼。二十一世纪重建，呈东、中、

周舜卿故居

西三路，东路筑四面厅、藏书楼、琴台附带私家花园。花园内池塘水榭、亭台廊轩、曲桥小径。中路与西路均为面阔三开间、四进三天井格局的民居，中路从南至北分别为门厅、轿厅、正堂、后宅，正堂挂"慎余堂"匾。西路四进分别为前花厅、后花厅、前楼厅、后楼厅。中路与西路间由南北通长备弄相连。

"慎余堂"又称"京堂第"，"京堂"是清代对驻京高级官员的称谓。1902年，周新镇建成，周舜卿挟资入京，结识总理大臣庆亲王奕劻，捐得候补道官衔，并与其子商部尚书载振义结金兰，又经唐文治奏请，聘为商部三等顾问，赏二品顶戴。

周舜卿创商会、农会，办学堂、义庄，直至暮年，为四里八乡修桥铺路成了他的主要事务，无愧为贡献卓著、百折不挠的民族工商业先驱。

·寻找周朴园·

《雷雨》一出，"周舜卿就是周朴园"的传说家喻户晓，然而曹禺剧中道貌岸然的周朴园哪堪与周舜卿相提并论呢？

曹禺作《雷雨》时二十三岁（1933年），而周舜卿1923年去世时，曹禺年方十三，与周舜卿并不相识。曹禺曾在给原无锡教师进修学院中文系主任唐再兴的私人信件中明确说到，他写作《雷雨》时并未到过无锡，戏里周朴园的台词"无锡是个好地方"，实是借用天津《大公报》为无锡旅行社刊登的广告语。这桩众说纷纭的公案至此尘埃落定，周舜卿独闯上海滩，建功立业，缔造周新镇的真实经历其实更富有传奇色彩。

邑人著名作家钱锺书所写《围城》中的周厚卿与周舜卿倒是极为相像，书中周厚卿亦为商界名流，同在上海开铁铺，又与同乡合开"点金银行"并任经理，或许这与钱锺书熟悉周新，敬佩周舜卿有关吧。

随着文旅事业的繁荣，地方政府斥巨资振兴周新古镇，文史界有识之士率先成立无锡新朴园文化发展有限公司，集中相关专家，研究周新文化历史，弘扬无锡民族工商精神。正如齐凯先生赠联："无锡好名听雷雨，周新传奇问朴园。"

旅游攻略：无锡经济开发区太湖街道。

无锡旅情——南长街和古运河

·古城记忆·

这里有全国唯一一段穿越城区的京杭古运河。

古运河自无锡吴桥黄埠墩始,向东流经西水墩,转入南门,折向下甸桥,在南门外与伯渎港相会于清名桥,计二十二华里。最具江南风情和无锡味道的水弄堂大多集中于此。

以水为路,以舟为车的时代,临河的房子出入方便,所以高门大户的宅邸大都临河而筑。无锡县衙、文庙、崇安寺、东林书院无不拥有自己的水码头,诸如西门薛家、北门杨家、六箭河秦家、束带河顾家，都是依水而筑的豪门高第。正是：扬帆御东风，举棹乘春水，一日看尽五湖风光。

无锡古城内的二十几条河流组成引排自如、航运畅达的水上世界。民国以前，柴、米、油、盐一并由木船运进城内，生活粪便也值钱，一缸粪能换几大捆稻草。城内几万人的生活离不开进进出出的木船。

·城墙城门·

城墙与城门，是无锡古城最珍贵的记忆。无锡的城郭，最早建筑于汉代，《越绝书》载："（无锡城）周二里十九步，高二丈七尺，门一楼四。其郭周十一里百二十八步，墙高一丈七尺。门皆有屋。"唐代时四城门已建，包括东熙春门、南阳春门、西梁溪门、北莲蓉门。但到宋代，城郭倾圮毁坏，故在宋乾兴初年又重筑子城（内城），为夯土版筑。南宋建炎时又重筑罗城（外郭）。此后城墙修筑均为外郭城墙，子城渐废。

无锡历史上最后一次修葺城墙是在明嘉靖三十三年，由无锡知县王其勤率领全城百姓修筑的，用以抵御日益肆虐的倭寇侵扰。城墙以条石为墙基，用墙砖包砌，高七米，宽三米，四城门相连达五千六百米。分设四个城门，名字改为东靖海门、西试泉门、南望湖门、北控江门，好似身处动荡时代的无锡百姓在祈愿：引泉入湖，通江达海，河清海晏，人和丰年。城门前加瓮城，并修有城楼，布局一经形成，至今未变。

无锡城不大，但四座城门的生活环境各有特色，民间有"南门豆腐北门虾，西门柴担密如麻，只有东门呒啥卖，葫芦茄子搭西瓜"的民谣，生动地描述了无锡古城四座城门的鲜明特色：东门良田万顷，菜肥稻香；南门工商发达，明代烧窑业、清代煤铁造船业、近代缫丝业企业比肩接踵，商贾云集；西门山峦叠嶂，树林茂盛；北门河网如织，南北交汇，渔市繁荣。

1950年主城向外延展，砖城墙拆除，城门消失，直至2009年，地方政府于南城门原址附近，复建望湖门、抚薰楼，再塑古城标志。

·南禅寺·

南禅寺初建于梁武帝太清年间，始名护国寺，为南朝四百八十寺之一，明代号称"江南最胜丛林"。

南禅寺西临望湖门，东有南津桥，亦称渡僧桥，为元朝塔桥。寺院山门位于护城河与古运河交接处。东南矗立北宋雍熙年间建造的七级八面妙光宝塔。《南禅寺重修塔碑记》载：院之西有梁溪河者，与惠山二泉通。父老相传曰，有巨蛟蜿蜒其中，时兴风作浪。居民震怖，商贾怀忧。北宋雍熙时期，有僧托钵而来，告谕百姓："苍龙在耳，宜建浮屠以镇之，则蛟自潜，民安业矣。"妙光塔是镇蛟宝塔，北宋崇宁三年宋徽宗赵佶敕建。"十里传闻金铎响，半天飞下玉龙来",在老百姓的心中,妙光塔是极其崇高的存在,至今每逢节日,绕塔祈祥的老百姓络绎不绝。

·南长街·

中国历史文化名街南长街始于一千多年前的北宋古驿道。古驿道南连苏州,北接常州,与水驿古运河并行。北端马昌弄,即古代锡山驿馆所在。

无锡古运河以"运河绝版地,江南水弄堂"的绝妙景致享誉江南。国家历史文化名城研究中心主任阮仪三教授曾多次考察无锡,称南长街古运河"水弄堂"具有唯一性,不可复制,堪为绝版。清华大学教授吴良镛也赞扬"水弄堂"是国内绝无仅有的文化建筑遗产。

南门以外,百姓傍水而居,以河为魂,因河成市,前门逛街上桥,后门洗汰下船,橹声灯影,安逸自足。

·鸭子滩头·

乾隆沿古运河下江南,见清名桥西有一弄堂,鸭鹅成群,追逐嬉戏,蔚为壮观,当即兴起,泊船靠岸,取名大雅大俗的"鸭子滩"。

鸭子滩头的永泰里"知足桥"堍,薛福成儿子、第二代锡商巨擘薛南溟设"永泰丝厂"于此。"永泰丝厂"原由周舜卿与薛南溟于光绪二十二年（1896）合办于上海，由于经营缺乏经验，很快陷入困境。薛南溟不气馁，于光绪三十一年（1905）重振旗鼓，独自兴复丝厂。他严抓生丝质量，很快扭亏为盈，并把丝厂迁回无锡，随后由其幼子薛寿萱接管业务。"金双鹿""银双鹿"牌生丝在国际上享誉日隆，获得纽约世界博览会金奖。薛氏父子俩创造了一代丝业传奇。

·伯渎桥·

清名桥东是无锡最早的人工运河伯渎港。三千多年前，泰伯、仲雍为存父志，礼让国君之位于三弟季历，南奔荆蛮。栖梅里平墟，从俗而化，建国勾吴，史称吴泰伯。

商朝末年，泰伯昆仲带领吴地百姓开挖全长四十三公里的伯渎河，以解决灌溉、排涝问题，从此渔牧为生的吴地百姓开启了稻米为主的农耕生活。

伯渎河曾作阖闾攻楚、夫差北上伐齐的重要军事水道。伯渎港为伯渎河与古运河重要的连接区段。

联通南下塘与大窑路的伯渎桥，始建于清末，原为木板桥，后改石板铺筑。再由窑主及商行业主共同出资，改建为砖砌拱桥。伯渎桥的上下引坡颇具特色，十字交叉的马鞍形台阶与桥主体联结，如鲲鹏展翅，宽敞大气。

·古窑群遗址与水仙道院·

　　清名桥南,古运河东岸的大窑路古窑群遗址与西岸的"水仙道院"及南水仙码头遗址隔河相对。南门古窑群从明代初期开炉烧砖,直到二十世纪五十年代中期熄灭窑火,全盛时期,这里的砖窑达百余座,密布大窑路、伯渎港周边,绵延一千五百米。清代乾嘉时期,从业窑工有上万人。

　　如今仍有近二十座古窑群保留相对完整。根据种类,分囟下窑、对直窑、老中窑等。南京明城墙所用城砖都在这里烧制。民间有"上塘十里尽开店,下塘十里尽烧窑"的歌谣,描述了"砖码头"的盛况。明代冯梦龙的歌谣集中,记录了一首无锡"烧窑人"的情歌:

　　　　　　　送情人,
　　　　　　　直送到无锡路。
　　　　　　　叫一声烧窑人我的哥,
　　　　　　　一般窑怎烧出两般样的货。
　　　　　　　砖儿这等厚,
　　　　　　　瓦儿这等薄。
　　　　　　　厚的就是他人也,
　　　　　　　薄的就是我。

古窑遗址

　　无锡砖窑的青砖以及工巧精致的砖雕风靡大江南北。许多明清时代的老建筑,如荣氏梅园的乐农别墅、阳春巷别墅都刻有无锡砖窑堂号印记。

　　古窑群被列为全国重点文物保护单位。

　　南上塘(今南长街)南端原有纪念无锡知县王其勤的"松滋王侯庙",表彰其带领百姓抗倭之功,旁侧有明代"双忠祠",祭祀抗元英雄文天祥部将麻士龙、尹玉两将军。两庙合园后统称"水仙道院",每年三月初九为公祭日。

　　乾隆南巡,听闻王其勤事迹,专程从南水仙庙码头上岸,翠辇停骖,棠树留影,以表忠烈。

中华人民共和国成立前夕,中共无锡工委机关入驻,改建谷余小学、培南中学,地下党员邱宝瑞亲任校长。

·清名桥与大公桥·

对晤清名桥,仿佛四百年前秦氏家族克难攻坚捐建大桥的盛况犹在眼前。寄畅园主秦燿的公子太清、太宁秉承家训,书香传世,开办私塾,修桥铺路,自己则清苦度日。百姓有感其德,顺其自然取名"清宁桥"。清代重修之际,为避爱新觉罗·旻宁(道光皇帝)名讳,遂更名"清名桥"。

清名桥为古运河畔规模最大、保存最为完整的石拱大桥。大

清名桥

大公桥

桥建成后，水陆交通和运输都非常便利，集散方便，当无锡"米码头"兴起，清名桥两岸米行林立，伯渎港的日吞吐量是整个米市的三分之二。清名桥街区成为经济繁盛之区。

1930年无锡民族工商先辈荣德生、荣宗敬兄弟在清名桥北捐建了大公桥，钢筋石混凝土桥梁，使用的是荣氏"千桥会"善款基金。南下塘、南上塘两岸丝厂林立，工厂女工依靠永泰丝厂对面的渡口上下班，时常有人落水，甚至有女工被挤落溺亡的事件。大公桥就像凭空架起的彩虹桥，为女工上下班提供了方便，又好比鹊桥，对岸是与痴情少年守候一生的爱情。

二十世纪八十年代，日本著名作曲家中山大三郎游览清名桥后，写下了著名的《无锡旅情》《清名桥》两支歌曲，经青年歌唱家尾形大作的传唱，清名桥及江南水弄堂传遍世界各地。

> 穿过清名桥，
> 又过大公桥。
> 船悠悠向北行，
> 只要有了你别无他求。
> 远处惠山依稀可见，
> 我依偎在你身边，
> 在人生道路上，
> 只有爱情深……

一对热恋中的日本青年出现情感危机，男青年毅然踏上了异国他乡的旅程，风光如画的无锡增添了他思念恋人的惆怅。徘徊清名桥畔，他为没能与女友同登旅程共赏美景而懊悔不已，用诗歌发誓再也不分开。

清名桥经典而唯美，俊朗矫健的身影如同一位文武双全的勇士，陪伴着古运河，守护着运河人家，阅尽了数百年来的无锡景象。水悠悠，船悠悠，南长街水弄堂黛瓦粉墙、乌篷涟漪，流走的是似水流年，留下的是恬静隽永的日子，迎来的是一个又一个岁月静好的爱情故事。

文脉留香

「吾道南矣」——东林书院

在整个中华文化的版图上,这座书院是非同凡响的存在。

古代中国战乱不断,使无数读书人壮志难酬,隐居山野,开设书院,传承文化。

东林书院的创始人杨时曾游历江西庐山,于东林寺有《东林道上闲步》之作,而后筹建书院期间,见周围小溪林道与其异曲同工,遂以"东林"命名。

"程门立雪"的杨时是理学中客观唯物主义的承上启下之人。1111年他选址东林书院并在此讲学了十八年。其上接濂洛之传(濂:周敦颐,代表作《爱莲说》《通书》《太极图》等;洛:洛阳的程颢、程颐),下开罗(豫章)、李(延平)、朱(考亭)之绪,他为理学在福建等地传播埋下了种子,福建尤溪县的儒学集大成者朱熹是他的三传弟子。据有关资料,北宋末年,福建人口大约一百万户。经济增长使得文化需求更为急切,间接扩大了杨时文化南传的作用。由此可见东林书院不仅在时间上,而且在空间上亦为重要的中继点。

官方一般认为杨时上承濂、洛之学。濂指周敦颐。但是历史学家邓广铭在《宋史十讲》中,否定了自己1984年按照学术界的传统看法而写的《略论宋学》文章,不认为周敦颐在当时的儒学名仕中占有一席之位,周敦颐的师承和传人也无从考证。

东林旧迹

作者认为学术是相通的，自古书院的功能之一就是学问交流，周敦颐并不能代表某一派的学说，即使佛教进入中国，也是经过了本土化的演变。所以说杨时继承的是当时的中国传统文化，而不是周敦颐个人，或者说程颢、程颐。在讨论阿炳（华彦钧）的篇幅中讲到阿炳的技艺传自父亲，但是所学颇杂，经过自己融会贯通才有了现在的成就，中国文化大多如是。

进入书院南大门，甬道中央矗立古朴精美的石牌坊，三间四柱五层马头墙造型，雕二龙戏珠、丹凤朝阳、鲤鱼跃龙门等吉祥图案，穿门而过，正面题"东林旧迹"，背面刻"后学津梁"。入门第一进为东林精舍，西侧墙上"东林党人榜"与"东林朋党录"赫然在目。

天启四年，魏忠贤与东林两派争斗达到白热化，东林党人左副都御史杨涟弹劾魏忠贤二十四条大罪，谁知熹宗朱由校站在了魏忠贤一边，天启五年拿熊廷弼开刀，结果是杨涟与顾宪成、高攀龙一样被记录在"东林党人榜"，生者削籍，死者追夺，已被削夺者禁锢，魏忠贤等人还模仿《水浒传》给一百零八人编了《东林党点将录》，并每人都起了外号，从文字角度来讲值得一看。杨涟、熊廷弼等人在书籍、影视作品《白发魔女传》《七剑下天山》中均有描写。

程颐目送四十一岁的得意弟子杨时南下，临别时感叹道："吾道南矣。"此为"东林精舍"东侧"道南祠"的来历。著名教育家、科学家邑人钱伟长先生抚今追昔，用如椽大笔为书院大门撰联：

东林精舍

"此日今还再,当年道果南。"中国文化极重传承,故而江南文脉源远流长、绵延不绝。中国文庙、书院园林中,常将庙宇建筑设于左侧,学堂建筑设于右侧,形成左庙(如孔庙)右学的(如国子监)的规制,东林书院即同此例。

东林精舍身后是东林书院的主要讲学之所——丽泽堂。堂名出自《易经》兑卦,取君子讨论互助之意。近代史上,这里曾走出了著名学者钱锺书、中国共产党早期领导人秦邦宪等重要人物。

明万历三十三年,当东林学者顾宪成罢官回锡,著名的东林书院已是一片废墟,为纪念先贤杨时,他会集志同道合之人,修复书院,恢复讲学。顾宪成主张《中庸》的"实学"。"实学"不仅指

依庸堂

知识学问的实用性，更意味着躬身实践，做事不浮夸、脚踏实地，同时要保持做人的气节。顾宪成的名联"风声雨声读书声，声声入耳；家事国事天下事，事事关心"概括了东林学派的精神，在他的影响下，江南士子抛却了管弦丝竹、风花雪月，以出世的态度做人，以入世的心态治学。此联现悬于丽泽堂后的依庸堂内。

　　读书人不仅要好读书、读好书，更要有为国为民、舍我其谁的担当与责任。东林学派的学术思想遍及大江南北，著名的陕西西安关中书院、江西吉水仁文书院、皖南徽州书院皆为东林思想传播之地。

2019年5月16日,无锡市人民政府精心修缮的东林书院重新开园,用银杏树等高大挺拔的乔木将书院装饰得更加古朴典雅。

园子的西侧由"寻乐处""万翠山房"等建筑和水池组成。环顾四周,这里虽然高楼林立,无景可借,而且面积有限,无法大量用传统的实心墙体分隔景点,但是在东西园均别具匠心地采用景廊连接亭子,以镂空的建筑来分割空间而又不阻挡视线。尤其是水池西岸假山上的半亭,不占实体空间却增加了西园南北方向的层次感。

园子西侧三间卷棚顶的晚翠山房是1994年在原址重建的,夕阳西下之际,平添了山中书屋的情趣。在繁华喧嚣的现代大都市中能有这样一处静心读书、历练人生的书院园林堪称弥足珍贵。

濂洛之学,千秋不堕,假此一园,其道南矣。

旅游攻略:无锡市解放东路867号,无锡市火车站公交10路、311路可达。

景点级别:全国重点文物保护单位。

「东坡宜兴」——东坡书院

"天子未尝阳羡茶,百草未敢先开花。"江南四月天,品味阳羡贡茶,把玩千年历史包浆的宜兴紫砂壶,聆听苏东坡蜀山易名、书院变迁、买田交友、制壶咏诗的传奇故事,他虽是过客,却成为文化宜兴的灵魂,不禁让人心生疑虑,是什么原因让出生四川眉山的苏东坡贪恋宜兴这块土地?提梁壶真的是苏东坡首创?

· "从初只为溪山好" ·

苏东坡刚过弱冠之年就中了进士,与同科蒋之奇、单锡在琼林盛宴上畅论古今,谈及故乡风光,约定再聚阳羡。

苏东坡一生四过宜兴。

熙宁七年一月，时任杭州通判的苏东坡初访宜兴，住湖㳇单锡家，惊讶竟能见到自己伯父苏涣的遗墨。单家浓浓的书香家风让他感动，湖㳇的翠山竹海、洞天府地让他陶醉，单锡的学识智慧让他赏识，遂托其相地置业，并将胞妹苏八娘女儿许之为妻。

蜀山之畔，如黛独峰，清溪萦绕，画溪美景，勾起了东坡浓浓的思蜀之情，"此山似蜀"之感脱口而出。多年以后，阳羡人民将独山更名"蜀山"，以纪念这位来自四川眉山的游子。

宜兴山水及宜兴人特有的爽朗朴实感染了豪迈率真的苏东坡，扎根宜兴、终老阳羡的夙愿在心底埋下。"买田阳羡吾将老，从初只为溪山好。"经上书奏请，神宗诏旨，单锡及闸口邵民瞻等诸友引荐，苏东坡分别在蜀山、善卷、闸口等地置良田四百余亩，又于蜀山南麓修建宅院，始称东坡草堂，后陆续更名蜀山书院、东坡祠堂。

如今的宜兴闸口永定海棠园仍旧保留着一株千年西府海棠。古海棠树冠直径达八米，是苏东坡探访同榜进士邵民瞻时亲手在邵家东苑的"天远堂"外栽种。著名画家吴冠中回乡时多次为其作画。

·"长桥千载犹横跨"·

初来宜兴的东坡随单锡游过龙池澄光寺，偕往善卷洞，慕名祝陵村酒香可口，顺道品尝。时至中午，遇大河阻道，左右环顾，无以绕行。忽见一罱河泥小船悠悠驶来，东坡高呼："船上的两位小哥，劳驾渡我们过河吧。""两位先生要过河吗？可以渡你们过去，但你们必须对上一联。"苏东坡一听，吟诗作对，这有何难。于是应声道："请赐教。"年轻农民说："泥罱罱泥，泥鳅钻出泥罱眼。"苏东坡听了，踱步于河岸上，此联文字虽很平常，但要对仗工整，却难觅佳句。忽见远处水车棚内，一头大牯牛围着水车蹒跚车水。灵机一动，答曰："水车车水，水牛盘过水车头。"二农心悦诚服。

至祝陵村品尝美酒之时，东坡询问村坊父老："怎不在此架桥？"乡亲们回道："此处地僻人穷，无资建桥。"苏东坡听了，当即解下腰间皇帝赏赐玉带。不久，一座精美花岗岩石拱桥建造起来。为感谢东坡捐带善举，取名"玉带桥"。时至今日，祝陵河上"玉带桥"仍然完好。

·"松风竹炉 提梁相呼"·

乌台诗案后，东坡买地凤凰村，再住宜兴。他喜欢吃茶，尤其讲究用大碗，此地出产的紫笋茶自唐代开始被列为贡茶，又有玉女潭流出的金沙泉水和海内争求的紫砂壶。东坡突发奇想，亲自动手，制作了一把提梁壶。

一日夜色朦胧，东坡瞧见书童提着灯笼送点心，突发灵感，想要仿照灯笼式样做把大壶。但制作时壶肩老往下塌，东坡就地取材，劈几根毛竹片片，撑在壶肚内，等泥坯变硬后再将竹片一一抽去。灯笼壶做完，光滑不易拿起。东坡思量，茶是用来煮的，如果用寻常做法将壶錾装在侧面肚皮上，经火一烧，壶錾乌漆麻黑，不仅烫手，而且容易折断。抬头间，见屋顶大梁，从前檐搭至后檐，两头有木柱撑牢，灵机一动，照屋梁样子试做壶錾。几番琢磨修改，别具一格的"东坡提梁壶"面世，后人不断改良创新，成为宜兴紫砂壶中的经典名款。

·"买田阳羡吾将老"·

宋建中靖国元年，东坡自儋州放归北回，又居阳羡。因遭贬官，人们避之唯恐不及，仅从学于苏轼的阳羡闸口读书人邵民瞻，与东坡共访山水，往来不绝。邵民瞻代东坡购民宅一处，耗资五百缗。两袖清风的苏东坡，倾其所有刚够其数。夜晚，二人月下散步，途中听得老妪哀声哭泣。推门而入，老妪痛陈不孝儿子败家出售百年祖屋而无处安身。东坡上前询问，那祖屋正是自己所买，当即焚烧买契，归还房屋，已付钱两分文未取。明陈耀文《天中记》中对此事有详细记载。

至明弘治年间，邑人工部侍郎沈晖出资，改"蜀山草堂"为

东坡书院正门

"东坡书院",占地面积三十余亩,房舍一千多平方米。四进七开间的明式书院,前三进为明时原物。二十世纪八十年代前曾作东坡小学,恢复后被列为县级文保单位。二十一世纪初升为省级文保单位。

东坡书院匾额由中国书法家协会主席舒同题写。院内"伏牛池"因池中太湖石群酷似犀牛望月得名。

过泮池,第一进西侧院内辟有碑廊,苏东坡《楚颂帖》《阳羡帖》以及东坡奏请卜居宜兴的奏状手记等珍品陈列其间。康熙皇帝以及陈毅、郭沫若等名人赞稿,历代修葺书院之碑记等,琳琅满目。

第二进为书院正堂,东坡紫砂雕像由中国工艺美术大师徐秀棠所作,技法与美学并重,传统与现代兼顾,让人叹为观止。"苏东坡在宜兴"系列壁画八幅分列东西两壁。

第三进悬有"讲堂""东坡买田处""似蜀堂"等匾额。厅内陈列苏东坡及东坡书院相关诗词。西侧厢额"湖山拱秀",陈列苏东坡文物史料。东侧"景行堂",展览宜兴籍东坡学子名录。

第四进七间楼房,原为苏东坡家眷居室,现作名人书画展室。"后皇嘉树,橘徕服兮",东坡曾立志植橘三百,期望橘下品茶赏月,后院的精致橘园乃今人种植,以为圆梦。

"此地多君子",他来了宜兴,"黄鸡白酒渔樵社",他留在了宜兴,不似屈原般愤世嫉俗,也不似八大山人般冷寂孤傲。如今,浸润着东坡遗风和阳羡古韵的东坡书院如同那款传说中的提梁壶,安静端凝。

伏牛池

旅游攻略：宜兴市丁蜀镇东坡路，宜兴市公交 23 路、156 路可达。

景点级别：江苏省文物保护单位。

地灵人杰

晚清第一官宅——薛福成故居

薛福成故居又名"薛家花园",占地十八亩,太平天国无锡城争夺战期间,现址后门附近的薛家老宅被毁。薛福成认为"门前若有玉带水,高官必定容易起",人生最后四年中亲自踏勘风水,设计草图并命长子薛南溟全程督建。

"晚清第一官宅"并非浪得虚名。中轴线上轿厅、正厅的红木家具令人叹为观止,梁柱、镂雕、屏风处处透露外交家的气魄,富贵且典雅。

薛家花园的豪华不仅表现在内部装饰上,更体现与乾清宫相似的建筑格局——前院四进采用九开间，后院两进竟然达到了十一开间。

封建时代等级森严，住宅上有型制、规格的区分。老百姓建房，屋顶采用的形式、瓦的颜色、建筑开间，都有严格规定，不得逾越。一般来说，只有皇帝可以用九开间，到了清末，皇帝用十一开间，皇亲国戚或者位高权重的大臣可以享用九开间，普通大臣一般为五开间，民间只能三开间。江南乃至全国能有如此规格的宅子实属罕见。

务本堂

细察薛家宅邸,所谓的"九开间"实际上是经过精心处理的。九开间的客厅平分为独立的东、中、西三个空间,中间为主厅,左右各一旁厅。主厅与旁厅之间的梁柱及柱础,均是对剖,留有伸缩缝,隔断可灵活装卸,厅堂可分可合。十一开间的转盘楼则通过"断脊"的建筑技术加以处理,将建筑分为三个独立灵活的空间:三、五、三开间三段,从而避免"僭越",同时又可防止热胀冷缩对整体结构的破坏,可谓匠心独运。

转盘楼是江南特有的清式建筑,"回"字形结构,采用西式罗马柱廊形式,走廊的栏杆,都是用木车床车制的,体现了薛福成中学为体,西学为用的先进思想。

转盘楼并非无锡独有,苏州也能见到类似的走马楼。虽然江南地区的大型建筑常常请香山匠人参与建造,但是同源不同流,苏州常用厢房相连前后建筑,形成标准的"回"字形建筑,而无锡常用院墙、连廊、楼梯等衔接,更加通透、灵活。

可惜天不遂人愿,薛福成赴欧出使归来,舟车劳顿,路上染上瘟疫,不幸病逝,未能得见亲手设计的豪宅以及儿子薛南溟在"惠然堂"布置的《百寿图》。倒是薛福成的续弦,盛宣怀的堂妹,全家长居于此,安享晚年。"惠然堂"东西两侧耳房分设展室,陈列锡绣、竹刻、泥人等特色工艺品。无锡精微绣现场氛围静谧,屏气凝神,正疑惑艺人们正在绣制"皇帝的新衣",定睛再看,游丝凭空显现,有时需将普通丝线分为七十至八十份甚至更细,以便给人物开脸时完美展示细微神态。

议事厅

英、法、意、比四国特命全权大臣薛福成为洋务运动的主要领导之一，故居东北角的"弹子房"用于接待外宾，是超前的娱乐场所。当时的玻璃制作工艺不能完全去除离子杂质，只能用彩色玻璃做门窗，反而使房屋显得绚丽和洋气。

故居总造价仅为胡雪岩故居的七分之一左右。其原因在于宅子的后半部分作为生活空间极其朴素，用普通杉木作隔板，同时省去了雕梁画栋，节约开支用于兴办实业，以及在各地兴建藏书楼。

改革开放是近年提出的政策，然而远在光绪十六年，薛福成的《出使日记》中强调，态度上不能因噎废食，方法上要针对性地学

接待用的"弹子房"

习西方技术。他的《筹洋刍议》在政治、经济、军事和文化诸方面,无不具备远见卓识和经世济民之法。

1884年中法战争期间,薛福成在宁波海防营务处带领爱国官兵,用夜袭、擒贼先擒王等方法取得了实质性成功。签订《中法新约》后,清政府认识到海防的重要性,于台湾设省,巡抚刘铭传推荐杨瀚西为商务洋务总办。杨瀚西回乡后购山地六十亩,建造"横云山庄",即无锡最热门景点之一"鼋头渚"的雏形。

故居西北角为典型的江南园林,回廊轩窗、池沼假山、水榭戏台,样样俱全。宽敞精致的薛家花园在浓密的绿荫映衬下,显得幽雅古朴，堪与著名的苏州园林媲美。故居任意两幢建筑之间，往往可以通过东西长廊或备弄，围合成大小各异的庭院天井。庭院中凿沼池，叠假山，种翠竹，养莲荷，各得其宜，又与西北的自然山水园林相互渗透，形成步移景异、变化灵动的建筑空间和园林景观。

江南庭院尤其是苏州私家园林展示了闲情逸致的精致生活，十分讲究细节处理，而无锡园林更多地承载了家族的兴衰史和家国天下的变迁史。据说民国大总统黎元洪有意将女儿许配给薛福成的孙子薛汇东，但薛家觉得她过于西化，最终选择了袁世凯的女儿袁仲祯，他们的婚房位于薛家花园北面，一幢巴洛克式小洋楼，

戏台

原有小桥与薛宅连接。中华人民共和国成立年后曾作无锡市工、青、妇办公场所，现为市档案史志馆。

薛福成故居是中西合璧的典型，薛家花园更是中国园林近现代转变的代表之作。

旅游攻略：无锡市梁溪区学前街152号，地铁1号线可达。
景点级别：全国重点文物保护单位。

"电气大王"的家——祝大椿故居

提起中国近代工商业，锡城人民大多会想到以荣氏为代表的四大家族，却忽略了伯渎河畔另有一位传奇人物。

商末，泰伯、仲雍昆仲千里奔吴，居梅里平墟，带领百姓拓荒耕地，开渎理水，修筑伯渎河。伯渎河是中国第一条人工挖掘的河流，起点位于无锡南长街历史文化旅游街区清明桥段，又称伯渎港。

"运河绝版地,江南水弄堂",伯渎港连接伯渎河与古运河,是绝佳的风水宝地。百姓傍水而居,以河为魂,因河成市,伯渎港沿岸遗址众多,近代更是遍布窑群,彰显近代工商名城之繁荣。

交通便利为无锡带来了更多机遇。十九世纪上海开埠,洋行兴起,时代的气息顺着河水流淌来锡,祝大椿抓住机遇,从本地曹三房冶坊漂沪深造,二十九岁在上海虹口头坝上开设"源昌商号",凭借炉火纯青的五金经验,点石成金,很快享誉中外。

祝大椿先后任上海商务总会董事、锡金商务分会总理,因创办实业有功,光绪三十四年清廷赏"二品顶戴",聘为农工商部顾问,成为"红顶商人"。

全盛时期,祝大椿购买多艘货轮,以上海港为基地,业务遍布国内、东南亚。他开办的纱厂、丝厂、面粉厂均属于当时的新兴行业。

祝大椿所办企业以电灯厂最具代表性。那时电灯才发明不久,仍处于实验室改良阶段,西方国家还未普及,电气行业刚开始萌芽,祝大椿作为最早期沪漂一族的标兵,担起了时代的重任,家乡周边多地建厂,发展高新技术,与1949年后提出的四个现代化目标不谋而合。祝大椿被后世称为"电气大王"。

暮年的祝大椿完成了从商人向教育家、慈善家的转变。运河之上多座大桥由他捐建,譬如位于无锡火车站通往市中心咽喉处的工运桥。他还捐巨资修葺无锡文峰塔——龙光塔。除此之外,为艺术瑰宝苏州西园罗汉塑金身也是他的功德。

"电气大王"的家——祝大椿故居

祝大椿故居位于母亲河伯渎港畔，曾被改为大椿小学堂，南宅北园，正门临河，花园大门设在北面向阳南路上。故居又称"祝家花园"，位置绝佳，不可复制，处处透露着深邃蕴涵的历史沉淀。

故居由东、中、西三部分组成，沿正门中轴线上的四进清式老宅为祝氏祖宅，亦有祝大椿夫人陈氏家产一说。

老宅南北平行排列，均为面宽三间的硬山式平房。南北前二进分作过厅与轿厅。第三进正厅为故居精华所在，前有船篷形廊轩，后辅双步廊，结构严谨。内堂梁柱雕镂精湛，梁饰如意云纹组雕，"一架一柱，定不可移，俗以'无窍之人'呼之，甚确也。"

祝家花园

东西两部分建筑为祝大椿上海经营实业成功后回乡扩建，西侧面阔三间、前后四进硬山顶平房，东侧二进三开间二层转盘楼。

百年风雨，如今的人们依然为祝大椿的事迹津津乐道，祝大椿故居没有扬州盐商的宅子奢华，不如姑苏商贾的院子气派，他一生追求民族工商业的振兴与腾飞，是近代锡商的代表与骄傲。

旅游攻略：伯渎港街117-122号，无锡市火车站公交77路、761路可达。

景点级别：省级文物保护单位。

钟情诗书——钱锺书故居

若想知晓现代作家、文学研究家钱锺书和杨绛夫妇在何种环境下创作翻译,可来此一探。

故居风火山墙包围,充满了读书人的文艺味儿。钱锺书语言简洁,杨绛的散文透露着纪实的朴素和浓郁的人情味。这里的环境没有像薛福成故居一样华丽,而是如《我们仨》《干校六记》《洗澡》等作品中表现出的,更多是知识分子特有的虚怀和清气。

近代无锡园林的特色是中西合璧,教育也是如此。钱锺书的祖父、伯父、父亲因材施教,幼时开始教授经典传统文学,故而在他的书中寓意深刻的精辟字句频频出现。后来上清华大学,受到了西洋诗歌、喜剧、文艺批评等教育,故此在《围城》里对东、西方人的描述尤为形象。他主持翻译的《毛泽东诗词》(1976年五一节由北京外文出版社出版）反映了文学水平的高超。钱锺书一心追求学问，淡泊名利，曾立下遗嘱，死后不要开追悼会，骨灰也不要保存。

作为一位学贯古今的大师，钱先生对年轻人尤其喜爱，他不以长者自居，没有枯燥乏味的说教，往往一句妙语让人心领神会。曾有年轻的学生向其讨教，如何才能使自己的作品被图书馆收藏，钱先生风趣地说："要想自己的作品能够收列在图书馆里，先得把图书馆安放在自己的作品里。"

除了学术交流外，钱先生从不接受任何采访与访谈。有一次，几位大牌记者慕名拜访："你只要出场，我们可以预先支付稿费。"钱先生笑着对在场的朋友讲："我都姓了一辈子钱了，还在乎钱吗？"

故居是最典型的江南民居样式，坐北朝南偏东十五度，七开间二进平房，占地二余亩。多数宅院乃至中国最大的祠堂群——惠山古镇的祠堂，均采用相似的坐落方式。

然而不同的是前后二进并非长方形，而是平行四边形，两个对角分别是八十四度和九十六度，铺地的方砖、山墙、椽子等竖向结构则是偏东九度，从而形成六度的夹角，有人说是地形限制，也有人说是祖辈为礼让邻居而退让地界形成的，具体原因有待考究。

故居大门两侧有联"文采传希白，雄风劲射雕"，寓意要传承北宋文学家钱易的文学修养，并继承吴越国创建人钱镠箭射潮水、为民修堤的雄风壮志。

清朝同治、光绪两位皇帝的老师翁同龢有一副对联："数百年旧家无非积德,第一件好事还是读书。"钱锺书周岁生日宴时,按无锡风俗,举行"抓周"游戏时竟然只抓了一本书,父亲钱基博非常高兴,给儿子取名"锺书",鼓励他传承家风,勤奋读书。

家族的传承至关重要。民间有话:上有天堂,下有苏杭。五代十国的乱世中,江南地区在吴越王钱镠的治理下兴盛繁荣,后代用"满堂花醉三千客,一剑霜寒十四州"来形容他的功绩。时隔一千多年,钱学森、钱三强、钱伟长、钱穆等和钱锺书一样都是吴越钱氏的后人。

钱锺书雕像

门东侧为家祠和讲学之所,钱锺书和嗣母毛夫人住在西侧。同荣氏家族兴建学堂相似,钱锺书的祖父和叔父建私塾,名"绳武",出自《诗经》的"绳其祖武",与门口对联呼应,意思是跟着前辈的足迹走。堂前左、右分别植有白玉兰、桂花树,初春、金秋,花开满园,风水上寓意富贵吉祥。

绳武堂看似朴素,但意义非凡。钱锺书叔叔钱孙卿曾在这里与

绳武堂

地方工商企业家描绘无锡发展蓝图；日军占领无锡期间，此处充作日军宪兵司令部；1949年前夕，钱孙卿与荣德生以及多位共产党重要领导人在这里讨论无锡解放事宜。

绳武堂就像是《围城》的缩影，城里的人想尽一切办法，派遣知识分子出城留洋，等掌握了先进的理念和技术，再回到城里报效祖国，最终让旧的"围城"得以脱胎换骨。

（参考无锡文博编辑部：《无锡文博》2001年第4期）

旅游攻略：无锡市健康路新街巷30、32号，地铁1号、2号线至三阳广场27号出口附近。

景点级别：国家2A级景区。

学贯中西第一人——顾毓琇纪念馆

　　自无锡老城学宫南行不远,跨束带河(今学前街)达虹桥湾,可见顾氏祖宅"燕誉堂"。这座建于清嘉庆十二年的江南民居是顾毓琇的诞生地。其母王镜苏即王昆仑姑母,字诵芬,为念母德,堂号改名"诵芬堂",由国家副主席王震题额。

　　顾毓琇(1902—2002),字一樵,号古樵。曾任清华工学院院长、国立中央大学校长等职,晚年定居美国费城,任麻省理工学

顾毓琇纪念馆正门

院、宾夕法尼亚大学教授、台湾"中央研究院"院士。先后八次回大陆访问讲学,受到国家领导人的隆重款待。

1945年,顾毓琇任上海教育局局长,为上海交通大学教授,教授微积分课程。任清华大学教授期间,他创立了电机系、无线电系和航空研究所,培养了曹禺、钱伟长等学生。

近代史上,无锡学子出国留学者人数颇众。清光绪二十四年,无锡第一个留学生杨荫杭留学日本,至1911年,无锡出国留学生达一百二十二人。

1923年,清华毕业的顾毓琇去了麻省理工,三年电机硕士,两年电机博士,朋辈有闻一多、许地山、谢冰心等,皆为时代俊贤。顾毓琇用常人不可想象的艰辛,磨炼成一位知行合一的大学者。留美期间，因为赶做博士论文，每天晚饭后进入研究室，直到凌晨三时才出来。每周三必定坐火车去向电动机权威裴伦博士夫妇请教，直到半夜三更才回，数年间从未间断。

与此同时，顾毓琇还是个教育家、诗人、文学家、戏剧家、音乐家、佛学家，不得不由衷感叹这真是一位学贯中西的通才。

二十世纪九十年代，剧作家曹禺为《顾毓琇戏剧选》出版作序，上海戏剧学院为其设立毓琇楼。二十世纪四十年代，顾毓琇带队支援新疆教育期间，边作诗，边把部分李白、王维的古诗翻译成英文。他一生创作诗词七千余首，出版专著三十四部，是中国历史上仅次于陆游的多产诗人，被巴西人文学院授予金质奖章。除此以外，他长期关注经济发展研究，将国外股份制经验带回祖国。

顾毓琇还是吴文藻、冰心夫妇的红娘。祖籍江阴的吴文藻与顾毓琇尤为投契，每过无锡，必留宿顾家。留美期间，顾毓琇常与冰心讨论文学创作。他们在波士顿美术剧院合作公演《琵琶记》，顾毓琇担任编导兼饰宰相，冰心饰宰相之女。闻一多、赵太俊也专程从纽约赶来助兴，闻一多负责布景，创作屏风一幅，画碧海红日，白鹤起舞，绚丽夺目。这出中国现代戏剧在美国亮相，让西方世界为之惊叹。顾毓琇巧牵红线，冰心、吴文藻两位年轻人从相识成为终身伴侣。

"诵芬堂"里，王氏夫人"含辛茹苦，沉毅奋斗"，将七位子女培养成人，传承了坚毅勤奋、谦逊平和的家风。在这所普普通通的江南民宅里，诞生了顾毓琦（德国汉堡大学博士）、顾毓琇（美国麻省理工学院博士)、顾毓琇(美国康奈尔大学博士)、顾毓珍(美国麻省理工学院博士)、顾毓瑞(台湾文化大学博士)一门五博士,成为无锡人传颂至今的佳话。

在束带河还没填平之前,顾毓琇故居与钱锺书故居一南一北,隔河相望。顾宅仅一亩余,是典型的江南民居。五开间四进,西南有精致内院,"半亩方塘一鉴开",以太湖石驳岸并辅以绿植,角落有桂花树一棵。依池而建的"旱屋"为顾毓琇读书处,镂空朝南的窗架使屋内通透明亮,兄弟姐妹对坐读书,其乐融融的场面时刻温暖着顾毓琇,直到八十七岁时他还亲书"怀椿阁",追忆其事。

顾毓琇纪念馆前厅

读书处

一个世纪的光阴转瞬即逝,顾氏老屋的容颜历久弥新,伴随了顾毓琇学贯中西又云淡风轻的一生。

"如果把南京比作华盛顿,上海比作纽约的话,无锡则可视为费城。"这大概就是老人百岁人生的感慨吧。

旅游攻略:无锡市梁溪区学前街3号,无锡火车站公交67路、118路可达。

景点级别:江苏省文物保护单位。

无锡飞来院——荣毅仁纪念馆

　　山清水秀的太湖西岸，无锡近代民族工商业摇篮——荣巷的历史街区内，一座地地道道的京式四合院掩映在鳞次栉比的江南民居群内，尤显典雅庄重。江南水乡，怎会有如此纯正的京味儿建筑呢？

　　2007年某天，一座长二十四米、宽三十七米的北京四合院整体搬迁至无锡荣巷。这是一次前所未有的施工：不使用大型机械，像考古工作者一样，用手工作业和辅助工具完成所有拆迁工作，将建筑构件详细分类、编号、登记、摄像、画图。在古建筑专家的全程参与指导下，整整装了六大卡车的建筑构件一样不少地运至无锡荣巷,全程历时一个月。

  拼装过程极其艰辛,既要保证原样修复,又要修补、更换腐烂、破损的木构件。仰仗香山帮古建筑专家自始至终的指导,历时数年终于完美再现这座北京老宅。众望所归,民族工商业巨子、党和国家领导人荣毅仁先生及夫人杨鉴清晚年的北京寓所安然"飞"至荣巷,来到本宅主人朝思暮想的故乡热土。

  小院儿原本坐落于北京东城区史家胡同47号,伴随着中华人民共和国成立前后的跌宕起伏,它经历了三位举足轻重的主人。第一位傅作义——从国民党抗日名将到中华人民共和国国家副主席;第二位李井泉——从共产党长征元老到中华人民共和国人大常委

"飞来院"外景

会副委员长；第三位荣毅仁——从民族资本家到党和国家杰出的领导人。他们的晚年都在这座小院里度过。无锡人民何其有幸，得以随时瞻仰京城名院，缅怀伟人风范。

荣毅仁先生从无锡荣巷走向上海，迈进北京。晚年最后一次回乡探亲，入住管社山庄的听涛园。万鑫楼酒店厨师长许建清犹记得荣老在品尝无锡排骨、红烧蹄髈、腐乳汁肉等无锡名菜后啧啧称道的情形。九十岁高龄的荣老少小离家，东奔西走，历经坎坷，不忘家乡的味道。陪同的工作人员回忆，荣老每日下午四时必定听读新闻报纸，家乡事、国事、天下事，事事关心。

"白发齐眉七十载绾同心结，金玉良缘一百年开并蒂花。"听涛园荣老主卧门上的对联是为纪念其白金婚撰写的。杨鉴清出生无锡书香世家，是邑绅杨干卿的二小姐、云薖园园主杨味云的侄孙女，与丰神俊朗的荣毅仁相识于省立无锡中学足球场，两人婚后辗转南北，风雨同舟。荣老专程返锡只为与秀外慧中、温柔贤淑的妻子共同回忆从前的美好时光。荣老一生传奇，无论顺境逆流，始终与结发妻子相敬如宾、恩爱如初。

荣毅仁纪念馆主入口北邻梁溪路，馆区共分四大功能区域。

瞻仪堂位于纪念馆北部，为综合展览区域，包括入口广场、序厅及东西展厅。馆名悬挂于序厅门楣，由江泽民总书记题写。馆内陈列荣毅仁先生实业报国、勤勉为政的事迹及实物。瞻仪堂为新建建筑，新中式风格，方正简洁，摒弃传统的坡瓦屋顶形式，仅在入口门头檐部及建筑外墙点缀坡瓦、漏窗、马头墙等中式建筑符

"飞来院"内景

号，简约清新而又兼具传统文化韵味。

  荣氏故居位于纪念馆的东南，由转盘楼、夫人房、承馀堂、修身为本堂及承德堂组成，典型的近代江南民宅风格。其中转盘楼为当时极为少见的二层通廊式内天井楼房，荣毅仁先生及父辈都曾在这里居住生活。会客厅承德堂内高挂"戒欺"匾额，是荣氏家族祖训，也是荣毅仁先生一生做事、做人秉承的信念原则。

  荣毅仁北京旧居位于纪念馆的西南。客厅名"戒欺室"，由邓小平题写，下方挂着陆俨少的山水画，画的一侧有叶剑英元帅题写的"满目青山夕照明"的诗句。基辛格先生曾说过："我只到过一位中国人家里做过客，那就是荣家。"北京旧居保留了生活起居原貌，江南传统吴越文化与近现代西方文化融合，正是荣老崇尚的海派生活方式。

中西合璧型制的二层民国建筑大公图书馆位于旧居北侧。1915年开工，次年启用，是当时无锡地区最具规模、影响最大、管理最完善的私人图书馆，藏书达十万余卷。荣德生先生曾立遗嘱，将所有馆藏及室内陈设捐出。二十一世纪初，国务院公布了第一批国家珍贵古籍名录两千三百多部，无锡图书馆入选四十八部，其中四十五部出自荣德生先生之手。

大公图书馆

荣氏家族实业兴邦，同时极其重视文化教育，建大公图书馆、开设私塾、创办多所公益学堂，回馈桑梓、反哺社会。荣氏家族世代兴旺、创守有道，其根本原因正在于此。

新中式的瞻仪堂与三个保留区——故居区、北京旧居区、大公图书馆围合成一个以山水景观为主的江南庭院院落。古建筑专家巧用水池、假山、曲桥、拱桥、植物等元素，搭配回廊、方轩、景亭等建筑小品，高低错落、虚实对比，使庭院空间主次分明、张弛有度、变化丰富、玲珑精巧,其造园手法类似于中国寄畅园之锦汇漪。

旅游攻略:梁溪路荣巷老街165–166号,无锡市公交2路可达,地铁2号线"荣巷站"出口。

景点级别:市级文物保护单位。

二泉月正明——阿炳故居

享誉世界的二胡名曲《二泉映月》出自天才艺术家华彦钧之手，究竟是怎样清高孤傲的灵魂创作出这首震撼人心的千古绝唱？

正一派道士华清和是无锡雷尊殿一和山房住持，他神清气朗、相貌不俗，与香客秦家孀妇两情相悦，诞下华彦钧（阿炳），因族人异议，无奈委托族弟媳抚养成人，故而东亭小泗房巷今日亦存阿炳故居。

人们为什么叫华彦钧"阿炳"呢？"炳"字并不常见，阿炳的姨表兄弟算命卜卦时发现阿炳命里缺火（牌位上写着清光绪二十四年八月十八日子时），所以取了火字旁，且丙火排十天干第三位，属阳火，有富贵之意，阿炳因此得名。道教正一派和全真派不同，是

阿炳故居入口

允许结婚生子的,故阿炳子承父业,在洞虚宫雷尊殿修行。

  阿炳酷爱道教音乐,勤学苦练,数九寒天,练笛必至笛尾流凌为止,弹奏二胡时,指尖出血更是家常便饭。阿炳自述,指点过他一曲两曲的师长实在太多,所学颇杂,有些他也不记得。父亲华清和作为启蒙老师,对他的音乐事业起了决定性的作用。阿炳由此精益求精、淹贯百家,尽得道教音乐与江南民乐之长,终成一代宗师。

  遗憾的是,阿炳一生命途多舛,性情异于常人,中年双目失明。据亲友回忆,瞎眼后的阿炳请堂弟帮忙打理道观事务,反被掌控,只得无奈离开雷尊殿。无儿无女、走投无路的阿炳只得靠卖艺为生。

阿炳不吃嗟来之食，纵使穷困潦倒，四处漂泊，对钟爱的音乐仍不离不弃，依靠繁华街头口碑相传，1950年8月23日城中公园旁慈善医院楼上，来自南京师范大学音乐系的教授黎松寿等几位伯乐用进口钢丝录音机记录下阿炳音乐世界的沧海一粟——《太湖烟波》《二泉映月》《龙船》《听松》《寒风春月》《大浪淘沙》，为世人留下了弥足珍贵的文化遗产。

中国民族音乐奠基人杨荫浏解读了阿炳的成功。他自小练习童子功，敲翁钹、骨子、小锣、木鱼，熟悉道教音乐后训练挂秤砣的笛子，接着研习笙、唢呐、二胡，直到成为乐队的灵魂鼓手，其后慢慢融会贯通，譬如自创技法，用琵琶弹奏其他乐器的乐曲。据阿炳自己描述，《二泉映月》改自道家的唢呐曲。

阿炳身经清末乱世、军阀混战、十四年抗战、无锡解放，他的一生颠沛流离，非常人所能想象。日据无锡时期，日本军官逼迫阿炳去饭店伴舞，阿炳宁死不从，严词拒绝，挨了一顿耳光了事。阿炳不仅是一代宗师，爱国之心尤为强烈，他不顾风险，为"京沪饭店"开会的中共地下党员"把风"，闲时编奏时事，说唱要闻，痛斥土豪劣绅和侵略者。①

阿炳前妻阿朱原是大户人家遗弃的妾，续娶江阴北涸人董催弟，董氏与前夫的孙女过继给阿炳，改名华求弟，在江阴市工作。

---

① 华钰麟：《回忆阿炳二三事》，《无锡史志》2006年第4期。

每次阿炳出门，董氏在前面拉着他的衣角引路，拉场子时，董氏托着阿炳的铜盆帽收钱。阿炳偶尔吃一顿董氏拿手的蚌肉炒大蒜解解馋。①

日据无锡整整八年，每晚七点城门准时关闭。阿炳总是从工运桥进光复门，难得回来晚了些，站在塔桥上一拉曲子，城门就特为他打开一条缝，董氏一路搀扶，经固定路线盛巷、新生路，由观前街回到华氏老屋。

可惜的是，一生坎坷的阿炳在中华人民共和国成立后的第二年就与世长辞了，下葬于惠山东麓映山湖畔。阿炳素喜听松石床，常卧于此寻觅灵感，并于二泉庭内即兴演奏，身归此处，正是得偿所愿。精心料理完阿炳身后事、心血耗尽的董氏也于旬月之内追随而去。

二胡圈内三分天下。"苏式琴""沪式琴"和"京式琴"，一把好的二胡关键在选料、工艺和发音，而发音最要紧在选皮，蟒皮的厚薄松紧、水分温度加上偶然因素，一把完美的二胡常常花费制琴高手的几年光阴。

阿炳的二胡很是独特，弦十分粗，并且常常打两三个结。原来，每逢演奏他都沉醉其中，情绪激昂处催金裂石，琴弦应声而断，只得打结继续，实在不行，全靠"中兴乐器店"的老板华三胖免费维护。②据黎松寿回忆，阿炳最喜佐酒畅弹《独弦操》，三四斤

---

① 黑陶：《二泉映月：十六位亲见者忆阿炳》，广西师范大学出版社 2018 年版。
② 朱树新：《瞎子阿炳轶事拾遗（二则）》，《无锡史志》2006 年第 4 期。

绍兴黄酒下肚，意犹未尽，连黎松寿都陪他拉了二十多遍，《良宵》《光明行》《空山鸟语》等刘天华先生的名曲也是常奏曲目。

故居有亭一座，戗角飞扬，阳光朗照，常有民乐新秀雅集于此，着汉服、穿唐装，温习经典，致敬大师，阿炳心心念念的民乐传承后继有人，锦绣中华，大国振兴，当乐声响起，长眠惠山的阿炳一定会含笑九泉。展厅内有更多他的事迹。东侧硬山顶小屋内依稀是阿炳当年的生活场景。

"虽复尘埋无所用，犹能夜夜气冲天"，时代给予了阿炳如斯苦难的人生，也成就了这般非凡的音乐传奇。

旅游攻略：无锡市梁溪区崇安寺内，地铁1号线三阳广场站。
景点级别：全国重点文物保护单位。

一门三杰——刘氏兄弟纪念馆

江阴地处江南,却并不说吴侬软语。那种铸在骨子里的硬朗和争创一流的秉性,结合深厚的文化底蕴,诞生了一代又一代传奇人物。民国时期刘氏一门三杰:文学家刘半农、音乐家刘天华、教育家刘北茂就是其中的代表。

江阴老城以长途汽车站为象征,西门附近历来为水陆交通枢纽。汽车站西南角西横街有一组清代江南民居风格建筑群,邑人书法大家朱穆之题名"刘氏兄弟纪念馆"。

刘氏故居由三兄弟之父刘宝珊所建,粉墙青砖灰瓦,硬山顶砖木结构平房,坐西面东,占地仅四百平方米,由二进三间二侧厢组成。前、中、后三大院落间,又镶嵌局部小藻井与小天井。刘氏后裔于中华人民共和国成立后捐出。

江南民宅的内院、天井分别是江南建筑的"眼"与"神"。天井四周雨水内聚,滋养院内的古树名木、奇石异草,有内敛聚财之喻,又增加了空间的景观层次。内院周边建有厢房,扩大了辅房面积,解决了建筑之间通风、采光等问题。文人墨客、三五知己,相聚庭院,吟诗作画,听雨弹琴,人坐院落间,品味天穹里。

故居内院特点显著,序院、主院、后院功能区分清楚,主院大且方整,其余大小不一,与附属建筑有机结合,随形取势,变化多端。小小的天井,配以一草一木、一石一池,以及四周外墙上丰富的

故居正门

漏窗设计，玲珑别致，幽静灵动。

故居门厅序院有两丛苍奇古拙、果实累累的南天竺，这是刘氏兄弟之父刘宝珊先生亲手播下的种子。墙上"刘氏三杰，江阴之光"由冰心先生亲书。

冰心的丈夫吴文藻是江阴夏港人，著名社会学家和民族学家。刘半农曾赠予一枚印章给冰心作为大婚贺礼，上刻"压寨夫人"。冰心夫妇与刘氏三兄弟多有交集，惠子知我，夫何间然。

序厅小院西面为第一进正堂，其南半部分为刘氏兄弟幼年私塾，北半部分为刘宝珊夫妇及刘北茂的卧室。刘宝珊夫妇并不富裕，然举全家之力开办私塾，以读书修身为家族一等大事。

南天竺

第二进主屋题名"思夏堂"。1927年7月,刘半农从法国获得文学博士学位,回国后亲书"思夏堂"并对兄弟们说:"我们刘家能有今天,不要忘记祖母夏氏。"青少年时期刘半农、刘天华分别住南北两侧居室。

主屋西部为厨房、杂物间等辅房,旁有后院,院内香竹倚墙。刘氏古井、晒酱台等旧物依旧完好,刘氏兄弟研习二胡时常常就座于井旁的石鼓墩上,不舍昼夜,精益求精,切磋技艺,打磨曲子。故居内陈列四百余件旧物,有日常用品,也有传承数百年的祖上之物。

"刘氏三杰"生于贫寒家庭。祖父刘汉是道光年间的"国学生",英年早逝,祖母夏氏为传承刘氏血脉,从本家远亲中过继了一名六岁男孩儿为嗣,取名刘宝珊。夏氏带他进城,送进私塾,培养成前清秀才。数年后的寒冬,夏氏在河边抱回一被弃女婴,即后来刘氏兄弟的母亲。穷要立志,富须传承,刘氏祖先辛勤培育,三

思夏堂

兄弟后天努力，终于成就一门三杰之传奇。

刘半农（1891—1934）六岁能吟诗作联，光绪三十三年以成绩优异考入常州府中学堂。宣统三年回母校翰墨林小学任教。这所小学由刘宝珊与杨绳武先生一起创立。三兄弟都曾就读于此。

1913年，刘半农与弟弟刘天华共赴上海谋生，任开明剧社编辑。五年后被北京大学蔡元培校长破格聘为预科国文教授，成为五四新文化运动先驱之一。

刘半农还是当代白话诗歌的拓荒者，1920年留学英国时创作《教我如何不想她》，在整饬的格律内又保持新诗的自由流畅，同时为区分性别，创造了汉字"她"。

刘半农是我国语音学研究的奠基人。他转辗英国、法国，攻读实验语音学，对汉字四声声调进行研究，并撰写了《四声实验录》，成为我国实验语言学奠基人。

刘半农的学术成就令人瞩目，除了天分，更多的是勤奋和孜孜不倦的钻研精神。他对事业的热爱与追求深深地影响了两位弟弟，激励他们在音乐领域步月登云。

刘天华（1895—1932），半农二弟，中国现代民族音乐事业的开拓者，作曲家、演奏家、教育家，现代民族音乐的一代宗师。

刘天华从小痴迷二胡，在常州府中学堂接触到西洋铜乐，吹奏军号，从此得窥音乐一角。民国元年与兄长刘半农赴上海，考入沪西开明剧社，在乐队工作，学习钢琴、管弦乐，对西洋作曲理论深入研究。两年后返乡开始音乐教学生涯，其间一学生考入北京大学，荐老师与北大校长蔡元培。蔡元培遂聘刘天华为"北大音乐传习所"琵琶导师。是时，刘半农正处留学期间："余得书狂喜，知其艺必将大进也。"（《书亡弟天华遗影后》）刘天华遗物中有一高足银杯，通高二十二厘米，口径八厘米，正反面刻有"天华师惠存""受业汪颐年、周宜、王同华、上官绍瑾、潘君璧……曹安和敬赠"，十三人都是刘天华亲传。其中曹安和教授专访了暮年的中国民乐大师阿炳并用进口的钢丝录音机保留下他的原声乐曲。

刘天华与年龄相仿的阿炳相比，有诸多相似：二胡演奏技艺罕见却又不仅限于二胡。但从演奏风格、创作曲目等方面又各有特点：刘天华为革新派音乐家，特点是"开来"，为二胡艺术的普及与国际化发展做出了卓越的贡献。阿炳为天才民间音乐家，特点是"继往"，把二胡那种善于表达苦闷、彷徨、慷慨、激越的抒情特色与道教音乐创新融合发挥到极致。刘天华的音乐写实性强，有明显主题，而阿炳的音乐为大写意式，如水墨画一般意蕴深长。

刘天华以国乐为体，西乐为用，用五线谱记录民间传统音乐，改良二胡，创作乐曲，培养演奏专家，二胡从民间乐器摇身一变，成为中国民族乐器代表。刘天华被视为近代二胡演奏学派奠基人。

刘天华说："国乐改进这件事，在我脑中蕴藏恐怕不止十年了。我既然是中国人，又是以研究音乐为职志的人，若对于垂绝的国乐不能有所补救，当然是很惭愧的事。"

刘北茂（1903—1981），半农三弟，我国现代著名二胡演奏家、作曲家、教育家。

在二兄天华去世前，刘北茂先后在上海国立暨南大学、北京大学教授英文。天华英年早逝，事业未竟，北茂遂发奋研究民族乐器，以其兄"改进国乐"为终生奋斗的事业。

刘北茂放弃熟悉的英语教授工作，潜心创作一百多首二胡独奏曲。《汉江潮》《小花鼓》《流芳曲》，他的作品朴实而真挚，除部分失传外，已成为当代乐坛二胡教学的必修曲目。

并非人人都是天才，刘氏三杰，平凡中见伟大，"人心齐、民心刚、敢攀登、创一流"的江阴精神在他们身上展现得淋漓尽致。

旅游攻略：江阴西横街49号，江阴市内公交可达。
景点级别：全国重点文物保护单位。

问道游圣——徐霞客故居

古代读书人皆立志博取功名,以期跻身仕途,光宗耀祖,但有一人,甚或说一个家庭,另辟天地,那里有他们的理想抱负,更有诗和远方。

·高士之风·

《滕王阁序》书:物华天宝,龙光射牛斗之墟;人杰地灵,徐孺下陈蕃之榻。徐孺正是徐霞客的先祖徐孺子。东汉陈仲举声望极高,人所共识,他的言行是读书人的模范与准则,当任南昌太守时,极少待客,唯徐孺子除外:"来而不拒,特设一榻供徐专用,徐去则悬之。"

徐孺子，名稚，字孺子，江西丰城人，精通史学、哲学、数学，满腹经纶而淡泊名利，终生耕作自足，屡次被朝廷征召而终未出仕，时称"南州高士"。

南宋末年，徐氏子孙迁居江南，以梧塍（今祝塘镇大宅里）为中心，逐渐形成"大江南北谱牒之冠"的梧塍徐氏。

全盛时期，徐氏在江阴有田万顷，藏书数万卷，有"半城江阴"之誉。

· 家学渊源 ·

徐锢乃徐孺子后裔，河南新郑人。金兵南侵时，携带大量中原文献扈从高宗南迁，曾任开封府尹。徐锢喜读书、藏书，徐氏富于藏书的传统可说是从徐锢开始的。

徐霞客四世祖徐守诚在南宋末任吴县尉。宋亡，遂迁居苏州。徐守诚长子千十一，继父志，不仕元，又从苏州迁居江阴，过着"其居田园，其业诗书"的生活，故"诗礼传家、农耕为业"也是徐氏祖先崇尚的品行与家风。传到九世徐麟时，江阴徐氏已有良田万顷，富甲一方，且成"文献巨室""书香盛家"。

十三世徐经少负雄才，精于六经、诸子百家之文，与吴中唐寅、文徵明、祝允明三位才子交往过甚。弘治八年，中应天府乡试举人。弘治十二年，与唐寅同舟北上会试，被诬"贿金得题"，废锢终身。

徐经次子徐洽，析居江阴马镇老阳岐，敏而好学，受学国子监，学业优异，但屡试不中，遂斥巨资在南阳岐建"湖庄书屋"，望子成龙。书屋建成，命长子衍芳专注读书于此。怎奈时运不济，名落孙山。

史书载，湖庄书屋共十三进，每进九间，计一百一十七间，占地约五百亩，主要建筑藏书楼高三层，取名"万卷楼"。一层为阅览室，二层藏普通书籍，三层藏有先祖从宋、元两代保存下来的重要文献、名人字画，其中有不少天文、地理、游记方面的著作。万卷楼是明代江南最大的私人藏书楼。

可惜后来马镇徐氏经历"火烧三阳岐"事件，祖屋包括湖庄书屋在内烧了三天三夜，从此家族不复当年辉煌。

·霞客故居·

如今徐霞客故居是在明代"万卷楼"原址上重建的。故居呈三进格局，北面两排房舍各五间，为顺治年间徐霞客侄孙徐君铨出资重建。南部一幢七间瓦房为地方政府拨款新建。故居共计十七间两厢房，占地二亩，与昔日相比不啻云泥。

故居坐北朝南，第一进前厅为仿明式建筑，门楣"徐霞客故居"牌匾由国务院前副总理陆定一题写。入口两旁为江南盘陀石。

门背镌刻"绳其祖武"明式砖雕,寓意继承祖辈事业。第二进花厅,东西各一厢房,陈列徐霞客生平事迹及熔岩标本。第三进正堂名"崇礼堂",两侧对联"春随香草千年艳,人与梅花一样清"由邑人当代草书大家沈鹏先生书写。此屋外墙斑驳陆离,古朴沧桑。

崇礼堂

·晴山仰圣·

故居正南为"仰圣园",仿明式山水园林,占地二十亩。全长二百五十米的临水碑廊陈列中国当代著名书法家启功、沈鹏等书画名家书法碑刻,内容均摘自《徐霞客游记》,计一百三十二个条目,一百三十五块石碑。曲折蜿蜒的碑廊与园内开阔的湖面有机融合,配以水榭、扇轩、廊桥等建筑,收放有致,幽雅古朴。

徐霞客为祝贺母亲八十大寿,在仰圣园旁建"晴山堂",三间

仰圣园庭院

敞连，十架进深，坐西朝东，三面环水，古色古香。晴山堂石刻今存七十六通，是研究历史、文学的重要参考资料，国家重点保护文物。倪瓒、宋濂、董其昌、文徵明、祝允明、黄道周等人题写，多为表彰其先辈德行，其中相当一部分是赞颂徐霞客母亲王孺人的诗文，正如梧塍徐氏家训："养鞠育不可以言尽，子虽终身承颜致养尚不能报其万一，孝是天经地义古今不磨之理。"

晴山堂东侧为徐霞客历次远游的起点——胜水桥，晴山堂西侧为远游的终点——徐霞客墓。

晴山堂

胜水桥

·问道游圣·

徐霞客父亲徐有勉（1545—1604）目睹其父徐衍芳科场逐鹿之辛酸，年幼时便决定摒弃功名，重归"南州高士"遗风。

徐有勉一生为人正直，极少与权贵往来，平日三五家僮相伴，辗转于苏杭美丽的湖光山色中，要求儿子博览群书，却并未逼迫他求取功名。

徐霞客不负所望，祖辈留传的万卷藏书已不能满足他的需求。一次，徐霞客在私塾课堂上偷读"歪书"《水经注》，不觉出神竟笑出声来。先生气得直吹胡子："孺子不可教也！"

徐霞客十八岁时父亲去世。比起父亲徐有勉，母亲王孺人对儿子的影响更为深远。她擅长农耕，精于纺织，家中置织机，带领婢子日夜纺织。其织品"轻薄如蝉翼"，别人一看即知。王孺人运筹帷幄，凭借勤奋干练和一身胆识，重振徐氏家业，富足乡里。她眼光独到，胸襟宽阔，见儿有如此兴趣，便在他二十二岁新婚不久，催促远行，临别时在胜水桥上为他戴上亲手缝制的"远游冠"，并鼓励"大丈夫当朝碧海而暮苍梧"，其后还多次陪同儿子外出旅游考察。

徐霞客无论每天多么疲劳，都坚持将考察收获完整记录，以便回乡时与母亲分享，顺便为后人留下弥足珍贵的旅游学、地理学、文学、文化、经济乃至动植物、生态、政治、社会、宗教等百科知识。

思霞庭

    那年徐霞客登顶嵩山万岁峰,决定从嵩山西壁攀缘而下,沿路抓着野藤,由于山壁陡峭湿滑,像坐滑梯一样坠至谷底,血肉模糊,衣衫褴褛,几成布条。但见谷底沟壑雄奇,怪石、飞瀑、奇树目不暇接,徐霞客顿时忘却疼痛,手舞足蹈地呐喊:"好个人间仙境。"

    徐霞客游历生涯大致分为三个阶段:

    二十八岁以前为准备阶段,重点研读地理相关书籍资料,并始太湖、泰山等周边游,并未留下游记。

    二十八岁至四十八岁游览浙、闽及诸多名山,留下游记一卷,占全册十分之一。

    五十一岁至五十四岁深度游历了江浙、湖广、云贵等大山名川,写下游记九卷,收获颇丰。

    徐霞客知行合一、一以贯之,通过实地考证,纠正了许多前人知识谬误,如经溯源探究证实长江源头非岷江而是金沙江。

　　暮年的徐霞客远游至云南丽江,因足疾无法行走,由纳西族首领木增派八名青壮族人行走五十多天抬至湖北黄冈乘舟返乡。木、徐二公结下了生死友谊。至今,木徐友谊已成为江阴与丽江两地人民民族团结之典范,木徐友谊园为仰圣园内新设景点。

　　1641年正月,五十六岁的徐霞客病逝于家中,遗作由家庭教师季梦良、族兄徐仲昭以及好友王忠纫三人整理出版。《徐霞客游记》六十余万字,不仅是霞客一个人的成就,更是徐氏家族、至亲好友共同智慧的结晶。

　　旅游攻略:江苏省江阴市徐霞客镇南阳岐21号,江阴市501路公交可达。

　　景点级别:全国重点文物保护单位。

佛光禅韵

人间佛地——灵山胜境

灵山胜境位于马山秦履峰东南麓，此处峰峦抱合，风生水起，传说秦始皇骑马寻仙时短憩于此，留下马蹄印，得名马山。贞观年间，官至右将军的杭恽解甲归田，相地建寺，邀请天竺取经归来的好友玄奘法师来此传授佛法，玄奘携大弟子窥基远道而来，惊叹此山酷似西天灵鹫峰，取名"小灵山"，寺庙得名"小灵山寺"，宋大中祥符年间更名为祥符禅院，后称祥符寺。

祥符寺历史上屡有兴废，康熙御题"水月禅心"匾，乾隆南巡时曾驻跸该寺。抗战期间，祥符寺被日寇烧毁，曾改作国有林场，二十世纪九十年代佛地重光，始建灵山大佛。

·五方五佛·

1994年4月10日,中国佛教协会会长赵朴初先生米寿,有江南之行。无锡人知机惜缘,朴老夫人陈邦织女士积极促成,穿针引线,改赴无锡,夜宿毛主席下榻过的荣氏锦园宾馆。次日凌晨,春寒料峭,清瘦如竹的朴老西装领带、呢子大衣,手拄拐杖,坐上连夜赶制的轻竹软轿,欣然考察马山圣境,选址灵山大佛。途经太湖十八湾,朴老感慨道:"上有天堂,下有苏杭,我看太湖波澜壮阔,风光胜天堂。"穿越颠簸不平的山道,来到祥符寺废墟旧址,朴老俯身细察大殿柱基,抚摸长满苔藓的古井,远眺茫茫太湖,朗声吟出了"太湖三万六千顷,八功德水绕灵山"的名句。

12月24日,大佛签约仪式在钓鱼台国宾馆举行,赵朴初先生正式提出"五方五佛"的构想,对"五方五佛"的信仰体系重新进行阐释:定义灵山大佛为东方佛;乐山大佛为西方佛;云冈大佛为北方佛;天坛大佛为南方佛;龙门大佛为中央佛。从此中华"五方五佛"格局形成,作为东方佛,灵山大佛与中华民族可谓因缘至深。

·灵山胜境·

灵山大佛为释迦牟尼立像,伫立在太湖之滨小灵山上,是佛祖应化身比常人殊胜的三十二大人相之一,名旃檀佛像。佛像形态慈悲安详,造型端重丰盈,线条灵动飘逸,具有极高的艺术

降魔成佛组雕

水准，左手下垂结与愿印，表示众生愿望，悉得满足；右手上升结无畏印，表示众生困苦，皆可解脱。灵山大佛通高八十八米，由一千五百六十块青铜铸件焊接，铸件厚十毫米，与香港天坛大佛同由南京晨光集团制造，建筑结构设计由设计上海东方明珠电视塔的华东建筑设计院承担，颇具高科技含量。偌大一尊佛，竟然找不到它的避雷针，原来二百九十八个螺形发簪就是它的避雷针。佛山坐北朝南，面向太湖，东边青龙山，西部白虎山，背靠小灵山，形似"太师椅"，如此绝佳风水真是"八风吹不动，端坐紫金莲"。十分巧合的是，灵山大佛开光至今，直达公交车始终是八十八路，难道是为了纪念朴老八十八岁米寿的灵山之行吗？

　　灵山景区有两条中轴线，西侧菩提大道自照壁起，经九龙灌浴，过祥符禅寺达释迦牟尼立像，组成景区西轴线。东侧的五印坛城与梵宫连成另一条中轴线，五印坛城、曼飞龙塔、梵宫三组建筑相对独立，遥相呼应，自成景区，是灵山园林建筑景观菁华荟萃的区域。

灵山景区的主要景点可以用六个一来概括。西轴线上，"一山、一寺、一佛"，分别对应小灵山、祥符寺、释迦牟尼立佛。东轴线上，"一塔、一城、一宫"，分别对应白色曼飞龙塔、红色五印坛城、金色圣殿梵宫。

西轴线上，菩提大道、九龙灌浴、百子戏弥勒、天下第一掌、祥符禅寺、释迦牟尼立像等佛教主题景点掩映在钟灵毓秀、山水共胜的小灵山怀抱里，随山取势，徐徐展开。

东轴线上，曼飞龙塔的玲珑空灵、五印坛城的圣洁绚丽、圣殿梵宫的气势磅礴，各得其位，各有其妙。三者组成永不落幕的中国当代佛教艺术博览会，珍宝荟萃，流光溢彩，尤其是作为世界佛教论坛永久会址的灵山梵宫，享有"东方卢浮宫"之美誉。

灵山梵宫呈现汉传佛教特色、五印坛城体现藏传佛教风范、曼飞龙塔代表南传佛教风格，在景区东南呈三足鼎立之态，风格迥异，特色鲜明，和谐共生。

·九龙灌浴·

九龙灌浴是人类首次运用现代高科技完美再现佛经记载的释

迦牟尼佛诞生场景。两千五百多年前，尼泊尔南部的迦毗罗卫国尊释迦族的净饭王为国主，王后摩耶夫人怀孕后，在蓝毗尼园无忧树下，七宝七茎莲花之中诞生小王子释迦牟尼，全名乔达摩·悉达多。当时，天空飞来龙王，口吐圣水，沐浴太子全身。八部天龙显身空中，诸天奏乐，璎珞普降，溢彩流光，花开馨香。大型动态鎏金群雕九龙灌浴总高7.2米，用青铜一百八十吨，每片莲瓣长达六米。四位金刚力士虔诚捧起巨型莲花，九龙喷泉环绕，八供养人侍立。音乐奏响，九龙喷水形成雄伟壮丽的水幕，金光闪闪的莲花徐徐开放，悉达多"太子"缓缓升起，天上地下，普放光明，遍洒甘露，彩虹升腾，大家无不合掌赞叹，感受到了灵魂的洗礼。

·曼飞龙塔·

曼飞龙塔源自云南省景洪市勐龙镇曼飞龙寨后山顶上的飞龙白塔，因地得名。南传佛教从印度传至斯里兰卡，中继缅甸，遍及东亚及云南地区。无暇南传佛教之旅的朋友，可来此一观。灵山曼飞龙塔由一座主塔和八座子塔组成，为实心塔。塔基为一圆形须弥座，由黄、白、红三色相间彩绘，塔身为乳白色，呈尖笋状，又似葫芦叠加，塔周各种浮雕、佛龛、佛像等饰面，微风中，塔尖上的铃铎发出悦耳的梵音，将人们带到了充满异域风情的佛塔之国。

整组建筑群宛如拔地而起的雨后春笋般耸立，玲珑空灵，洁白妩媚。受西方文化影响，东南亚建筑从讲究色彩绚丽转为流行

曼飞龙塔

浅色系，如珍珠色、奶白色等。曼飞龙塔色彩造型与世界文化遗产泰姬陵有异曲同工之妙。

·五印坛城·

与曼飞龙塔隔湖相望的五印坛城是原汁原味的藏式建筑。相比于东侧的曼飞龙塔，显得更加圣洁绚丽、端庄凝重，巨大的金顶，鎏金的宝瓶，庄严的经幢，灿烂的经幡，俨然缩小版的布达拉宫。

五印是释迦五种造像印相，其手势分别为说法印、施无畏印、

五印坛城

定印、降魔印、施愿印。灵山五印坛城高六层,四周一泓碧水把建筑围成一座"仙岛",如同佛教传说中的须弥山,掩映在澄净似镜的月色霞光之中,静谧祥和的五印坛城,作为法会修行场所尤为贴切。

在这里,你能找到拉萨布达拉宫下雪城大门的影子。"供命鸟"石雕,与众不同的木雕、唐卡、壁饰等装饰工艺,天然矿物绿松石、红珊瑚、白茸耳等研磨而成的独特颜料绘就美轮美奂的彩绘壁画,坛内供奉五方五佛,所有一切,都传达了浓郁的藏传佛教文化气息。

·梵宫之美·

梵指大梵天的宫殿。梵宫集佛教、文化、艺术、旅游、会议演出于一体,采用中轴对称的退台式建筑布局,五座金色攒尖顶华塔高耸在端庄雄伟的石窟建筑群中,气派非凡,高大的柱廊、大跨度的梁柱、高耸的穹顶、超大面积的厅堂是灵山梵宫最惊心悦目的,然而这和其无与伦比的建筑内景相比,又算得了什么?

梵宫之美,美在"见光不见灯"。灯源极为隐蔽,莲花花瓣、藻井、斗拱,处处散发着柔和温润的光芒,宛如宝石般通透灵妙。

梵宫之美,美在荟萃天下的艺术瑰宝,宫殿内汇聚了代表中国

梵宫内景

文化标杆的各种特色品牌。有举世闻名的东阳木雕，临摹自敦煌的手工壁画，家喻户晓的扬州漆器，皇家专享的景泰蓝，巧夺天工的寿山石雕，东西合璧的瓯塑浮雕，国之瑰宝的景德瓷艺，佛门之宝的琉璃巨作，借古成今的朱炳仁铜雕等，每样都代表了相关行业的顶尖技艺和艺术成就。

梵宫之美，美在震撼人心的视听盛宴。《吉祥颂》这部佛教音乐史诗剧，巧施声、光、电，妙用现代艺术手段，情景再现了释迦牟尼佛为追寻宇宙人生真理，放弃一国之尊，历经种种磨难，觉悟成佛的故事。全景式环形舞台，如梦如幻，如诗如画，仿佛身处浩瀚的宇宙、远古的历史与神圣的佛境，不禁如痴如醉，如醒如悟。

梵宫之美，美在灿若星辰的空间效果，室内千姿百态的穹顶结构和藻井架构，琉璃、珊瑚、玛瑙等佛教七宝华光闪烁，如同置身华藏世界。

2009年，灵山梵宫获得中国建筑最高荣誉——鲁班奖，为中国现代园林扛鼎之作，是中国建筑一个永恒的坐标。无论是建筑外观还是内部构造，无论是装饰元素还是建筑材料，都突破了传统汉地寺院的建筑常规，并将欧洲教堂建筑的空间特征移植到东方宗教建筑之中，前所未有地提升了佛教传统审美理念，是一部无愧于世的传世经典。

旅游攻略：无锡市滨湖区马山镇灵山路1号，无锡市火车站公交88路、89路直达。

景点级别：国家5A级景区。

星云大师在宜兴——佛光祖庭大觉寺

　　台湾高雄佛光山有"南台佛都"之称，是台湾规模最大、信众最多、极负盛名的佛教圣地，由当代大德高僧星云法师创建。星云法师以"人间佛"为宗风，是当代中兴佛教第一人。他足迹遍及五湖四海，道场不下二百余座，可又有谁知道佛光山祖庭正是位于大陆无锡宜兴的大觉寺呢？

大觉寺正门

南宋宜兴已有"元上乡白塔山大觉寺",七百多年频遭劫难,数易其名,几近荒废。

1947年星云法师在焦山佛学院修学有成,奉师命回宜兴白塔寺(大觉寺)任监院,兼任白塔小学校长,此后陆续在世界各地创建两百余所道场,为东西方文化交流与传播殚精竭虑。

二十一世纪初,星云法师重归宜兴礼祖,发现古寺已成瓦砾,心生感慨,多方呼吁奔走,选定新址,复建祖庭,并正式命名"佛光祖庭大觉寺"。

2007年建成开放,自此,大觉寺名扬四海,举世瞩目。

大觉寺建筑布局完全超越了中国寺庙园林的传统理念,传统寺庙园林对称、神秘、封闭的感觉,被时尚、明亮、开放取而代之。

这里看不到工整对称的中轴线格局，看不到鳞次栉比的天王殿、大雄宝殿、藏经阁，看不到两侧对称的地藏殿、观音殿等，却能看到汉唐风格的寺庙园林，又能找到日本寺庙、东南亚寺院的处理手法，更能身临其境地体会到欧洲台地风格的园林布局，独树一帜、中西合璧。占地两千余亩的大觉寺景区遍布着屡屡书香气息，几无商业氛围。

西渚云湖畔，高达二十三米的阿育王柱擎天而立。梵中两文题刻柱身，柱顶四狮雄视四方，金光灿灿。

头山门两侧有楼，一名"南山"，一名"北岭"，是人间佛教的体验中心、传习之所。山门由传统的四柱三门，升为高规格的六柱五门。从左至右分别为解脱门、缘起门、中道门、信心门、自在门，有广纳十方信众之意。

穿过雄伟的山门，只见左侧横亘着长二百米、高六米的"佛

阿育王柱

成佛广场

陀行化图"巨型浮雕墙。浮雕采用福建泉州白石铺砌而成,刻画佛陀率二百五十弟子托钵弘法场景,众生欢喜踊跃,天人奏乐赞颂。大道右侧为罗汉园,与其他寺庙供奉的十八罗汉相比,此处特别供奉"大爱道""妙贤""莲华色"三尊比丘尼雕像,礼赞女性的智慧、能力和修行,嘉勉女众自强不息、虔心修行。

甬道两侧庭园莲灯盏盏,星云法语镌刻其上。大师法像居中而立,笑迎众生,慈悲安详。

前行不远赫然是一座规模宏大的仿唐招提寺建筑——观音殿,白墙灰瓦,秀丽淡雅,殿前建藏经阁。殿东有数级台地的"成佛广场",顶点为大雄宝殿,盛唐宫殿式建筑,高二十七米、宽五十五米、纵深三十三米,无柱式现代建筑结构使大厅可容纳千余人,重檐金黄色琉璃瓦庑殿顶,檐角上装饰吉祥十兽,这是中国古代皇家园林的标准。

东北角香林多宝白塔（简称白塔）为纪念白塔寺而建，是文教行政大楼。塔高一百零八米，十五层，以佛、法、僧三宝为架构，集殿、楼、堂、馆、厅、坊为一体，可作学习、休闲、会议、仪式等诸多用途。登塔览胜，大觉寺全貌尽收眼底。

每年四月下旬，大觉寺举办宜兴素食文化节，追求健康生活的人们以及众修行者由天南地北而来，欢聚于此，交流祈愿。

从发愿建寺到景区开放，星云法师不知多少次往返宜兴与台湾。他常驻大觉寺，接待四海宾客，点化八方信众，将人间佛教的思想洒向人间。

偌大一座寺院，虽名景区，却不收停车费，更不收园林门票。

白塔

禁止烧香进香，却提供免费鲜花供奉，免费茶水供应，最大程度满足了广大游客、信众的需求。

大觉寺以利益众生为宗旨，以方便大众为践行，这里的一砖一石，一草一木无不传递着人间佛教的精神，洒向人间都是爱。

旅游攻略：宜兴市西渚镇云湖风景区环湖路，宜兴旅游专线可达。

唐风禅韵——拈花湾

良渚文化浸润的天目山余脉逶迤向北,与鸿山文化震泽的太湖群峰,约会在美丽的太湖山水之滨,拈花湾禅意小镇因缘而生,微笑绽放。

拈花湾与灵山胜境分处秦履峰北南,状如太极八卦黑白二眼。山南的灵山胜境为佛门朝圣之地,山北的拈花湾为禅意养心之所。灵山人以古井、老树、残垣为缘起,数年精进,修炼有成,功成果圆,独辟蹊径的禅文化养生园应运而生。

拈花湾禅意小镇是无锡人民对美好生活无限追求的结晶,是当代无锡园林最具魅力的艺术作品,是二十一世纪中国园林创新突破的经典佳作。

·大唐盛景·

大唐盛世是中华民族永恒的自豪，国力之强盛，疆域之辽阔，文化之繁荣，影响之深远，光耀古今，这便是"唐人"和"唐人街"的源起。

走进拈花湾小镇，气魄雄伟、舒朗俊雅的唐朝风格建筑历历在目，香月花街、拈花塔乃至一座座客栈，色调古朴简洁，屋顶舒展平远，门窗朴实大气，精美的斗拱、柱子、房梁等木建筑构体体现了力与美的完美结合，再现了古典的营造法式。这些源自大唐盛世，借鉴日本奈良、京都的经典再现，让人梦回大唐，穿越千年。

·心灵客栈·

置身拈花湾，顿悟未曾放下的太多太多，红尘与佛界只隔着"一花一世界"那道院门。

拈花湖流淌着静静的安宁与平和，拈花塔的铃铎敲打着迷茫的你，用禅境串起的香月花街带着二十七位可爱的小精灵，默默地等待着心灵契合的你，倾听神秘的禅宗故事，邂逅别样的旅居生活，寻找心灵的如缘客栈。

香月花街

1. 无相

穿过"一花一世界"院门,沿香月花街东行,藏在百尺桥小巷内的"无相",是拈花湾第一座客栈。

《大乘义章》云:"言无相者,释有两义,就理彰名,理绝众相,故名无相。就涅槃法相释,涅槃之法离十相,故曰无相。"

入口近处,三片白石英错峰而立,两丛泰山石如云相偎;后有翠竹修岸,苍松叠翠;远景白墙黛瓦,若隐若现,耐人品味。

客栈以灰色地面、白色墙面为基调,看似毫无修饰,实则大道至简,给人以沉静、安详之美。接待厅、餐厅墙上装饰画,用枯枝裁剪组景,喷绘白漆,客房家具以原木色实木,配麻、棉织物摆设,极尽简单。

无相

中庭庭院以水、山、石、竹、松组景,沿袭了客栈入口的造园风格。

六根皆净,五蕴皆空,不着世间万象,不执有形之境,即是无相。

"无相"共有四十二间客房,其中三十四间标准间,四间大床房,四间家庭房。

2. 萤火小墅

日本俳句大师立花北枝写过:"流萤断续光,一明一灭一尺间,寂寞何以堪。"日本俳句源自中国汉唐诗词,常为十七个字音,是世界上最短的诗,它不如唐诗般叙事完整,结构严谨,常给人清幽、寂寞的残缺美,可称散装版的唐诗,与传自汉唐的禅宗同气连枝,异曲同工。

客栈的厅堂、庭院、走廊、房间等四处悬挂着造型奇妙、惹人爱怜的萤火状小灯,有玻璃灯、竹灯、莲花灯……

入夜,泡一壶馨香,闲坐庭院,天空萤火阑珊,如秋日流萤,忽隐忽现,这个小小的夜之精灵,身小而低微,却用尽全力,散发着短暂的生命强光。

你是否想起儿时的发小,一块满身泥巴地撒野,追逐飞舞的萤火虫,仰望着满天的星星,多么无忧无虑,满心欢喜的童话世界!

"萤火小墅"共有二十八间客房,其中二十间标准间,六间大床房,两间家庭房。

3. 百尺竿

"萤火小墅"毗邻的"百尺竿"出自《景德传灯录》:"百尺竿头不动人,虽然得入未为真。百尺竿头须进步,十方世界是全身。"

"竹"为主题,入口、门厅、餐厅、会客厅、走廊、客房、庭院等主要功能空间充满"竹"之道具,吊灯、护墙板、门铃等装饰细部,原创性植入了"竹"的元素。

客房以浅灰和竹黄双色铺陈,床背墙衬抹青绿色编织,室内朴实温馨中透出寂静之韵、坚毅之美。

庭院绕竹,风过柳声,万缘放下,悟道何如?

"百尺竿"共有四十三间客房,其中三十间标准间,九间大床房,四间家庭房。

4. 一花一世界

"一花一世界"临香月花街而设,花团锦簇,青砖坡瓦,取自《华严经》:"佛土生五色茎,一花一世界,一叶一如来。"

大堂以灰色基调铺垫,简约明式家具点缀在充满花形元素的空间内,海棠花形服务前台、花朵形吊灯、嵌有花鸟图案的橱柜,触目皆是花的造型,真是花的世界。

客房的布置更为别致,以艾绿色喻示春天,以竹青色比之夏天,以胭脂色形容秋天,以缃黄色描摹冬天。大床、床头橱、书桌等家具,灯具、壁画等软包装,以季节主色调为基调,春来花自青,秋至叶飘零,无穷般若心自在,语默动静体自然。

中式庭院极为凝练,敞开式木廊架下,似山若水的四合院内,修竹青砖,暗香浮动,宜人的聚会共享空间。

"一花一世界"共有二十八间客房,其中六间标准间,二十间大床房,两间家庭房。

5. 棒喝

拈花湖与五灯湖相连的溪河边,有座拈花湾最小的客栈——"棒喝"。临济宗棒喝交驰,照用齐行,德山棒,临济喝。正所谓

棒喝

"行霹雳手段，显菩萨心肠"。

客栈内用竹编灯笼、瓷罐摆件、陶制碗碟等民俗家什装饰空间，大堂主色调深褐色，客房、庭院、走廊等随处可见的各种戒尺、禅铃是客栈的一大特色，修行人常用的斗笠、草鞋也成了装饰的主角，仿佛临济宗的高僧弟子就在眼前。

房间褐色原木家具，床头藤编吊灯，光线柔和，暖意无限，每间客房外设一精致小院，碎石铺地，青苔镶植，竹篱墙下，茶几闲置，独处一隅，棒喝反省，当有所悟。

"棒喝"共有十一间客房，其中两间标准间，八间大床房，一间家庭房。

6. 一池荷叶

五灯湖水影桥畔"一池荷叶"为欣赏"花开五叶"水上表演的佳绝处。唐代大梅法常禅师写道:"一池荷叶衣无尽,数树松花食有余,刚被世人知去处,又移茅舍入深居。"

荷叶、荷花、池塘、蛙鸣,满满的夏意写在客栈。厅堂内、客房里,满铺青绿,白描勾勒的硕大荷叶与跳动着舞姿的莲藕,花形白色吊灯与简约家具相映成趣,荷意无限。

庭院内,碧水澄澈,荷花摇曳,露水晶莹,蛙啼蝉鸣,微风轻拂,涟漪荡漾。以荷叶为主题的阳光房,早餐、下午茶休憩地,室内简约晴明的家什与屋外风荷共舞,恍如乡野池塘般原味。

前厅内,满绿的荷叶色爬上墙面,跳上天棚,缠绕着桌面椅背,纸质的荷花灯轻盈别致,泻落其间,童趣无限。

一池荷叶共有三十三间客房,其中二十三间标准间,八间大床房,两间家庭房。

7. 无尘

禅心不歇,一世清净,故曰"无尘"。

客栈位居香月花街东首,依溪面湖,室内用至简白描和素雅色彩描摹禅意,引导人心放下执念,回归平和。

"本来无一物,何处惹尘埃。"素白色水泥铺于前厅地面,皎白的涂料从墙体转折楼顶,门厅接待区更是至简,餐厅顶部一组本色竹灯笼,暖暖的光影洒在拙朴的餐椅桌上。

庭院布置是所有客栈中最朴素的,碧水荡漾,景树摇曳,青苔葱茏,卵石撒落,禅韵阵阵。

客房以素白与亚麻相配,墙上装饰品不修边框,自然、包容、释怀、洒脱的意境写满客栈。

"无尘"共有二十一间客房,其中十六间标准间,四间大床房,一间家庭房。

8. 草鞋山庐

"萤火小墅"对门深巷处,有客栈"草鞋山庐",店名取自禅宗南泉大师的公案。

大堂以原木色为基调,搭配青灰色墙面,用竹藤、绳编等手工艺品点缀细部,休息区毗邻早餐区,简约装饰画配玲珑竹编灯笼,渲染清雅氛围。四周柜橱上摆放着笸箩、坛罐等老物件,深深的农禅气息。服务台上方的"净为自度"匾,常有客人读作"度自为净"。

庭院用枯山水做法,白石、苔藓、青枫、竹子等看似随意布置,实则摆放有致,可爱的小沙弥嬉戏林间,妙趣横生。

客房内竹麻制作的圆形镜台,构思巧妙,为温馨、宁静的卧室空间带来灵动与跳跃。

"草鞋山庐"共计四十八间客房,其中三十八间标准间,六间大床房,四间家庭房。

9. 小憩

"萤火小墅"对门深巷有"小憩"客栈,入口极不起眼,大号大堂咖啡餐吧醒目惹眼,为所有旅客供应咖啡,有拿铁、摩卡和卡布奇诺数种,可外卖,可堂食。择厅堂一隅,或闲憩庭院,简简单单,干干净净,调节疲惫的身体,放飞杂乱的心境,感悟"小憩"的温存与释怀。

中庭庭院布置简单:白石、青枫、香竹、树桩、茶歇等。

客房陈设家庭化,浅色系列家具,六角形竹木壁挂组合,清新自然,床头纸质花形垂灯,倍感温馨和谐。

"小憩"共计二十二间客房,其中十三间标准间,六间大床房,三间家庭房。

10. 青花

"青花"的中国蓝似万里晴空,也似无边大海,每一幅白底蓝花,都蕴含着吉祥、美好与平安。

蓝,禅之语;青花,禅之灵。青花瓷,明如镜,青如天,声如馨。

客栈大堂颇具新意,罐形挑高空间内,数盏纸质花形垂灯,轻灵而律动,极富设计感。

客房大写意式,墙面满铺天青色,两种青花纹饰对拼花瓶,有趣而别致,传统中装盘扣用在靠垫上,散发着阵阵中国风。

庭院处理较为简洁，碎瓷、白石、青苔、素竹组合，平静而淡雅，天青色是青花珍品，只有出炉时适逢独特的烟雨天，方能产生最美的釉色。世间美好大抵如此，讲求机缘巧合。

"青花"共计客房二十三间，其中十五间标准房，六间大床房，两间家庭房。

11. 解缚

"解缚"的小巷两岸，瓶瓶罐罐中开满了奇花异草，店名简写两横，悟人世匆匆，烦扰无穷，当明知止，随缘解缚。

客栈门厅、大堂、客房，点缀了许多绳索壁挂，庭院二层回廊，独出心裁地用麻绳做栏杆，连座椅靠手也由麻绳编织而成。

绳的元素，绳的世界，一头乱麻，欲理还乱，越缚越紧，不如放下。

庭院园林处理简洁现代，石笼、竹篱、景树，围合木质休闲区，清静自然。

去"解缚"，解缚去。

"解缚"共计二十五间客房，其中十八间标准间，四间大床房，三间家庭房。

12. 究竟

"究竟"面朝"梵天花海"，店招嵌满数学符号，游客"见禅、思禅、解禅、行禅"，由名相入禅理，用心探究禅的智慧，"致知在格物，物格而后知至"。

客栈大堂灯具别有新意，大大小小、高高低低的圆形吊灯呈云片状浮动，白色灯光与深色墙地面、原木色家具形成强烈视觉冲击。

庭院现代简约中式风格，远处坡瓦屋面作后景，白墙一片，上开数条竖向漏窗作中景，近处大片墨黑色石材铺成方形地面，单株青枫作主景，浅白色座椅休息区旁，镶铺灰色鹅卵石作近景。整个庭院，黑、白、灰、绿四种颜色对比，后、中、近三个空间层次累次递进，寥寥数笔，简洁新颖，设计感极强。

人生几何，毋用算计。

"究竟"共计十八间客房，其中十二间标准间，四间大床房，两间家庭房。

13. 芦花宿

五灯湖畔"芦花宿"是观赏五灯湖景色佳绝处，偈云："醉眠醒卧不归家，一身流落在天涯。祖佛位中留不住，夜来依然宿芦花。"

云游到处，四海为家，随遇而安，无牵无挂，四相百非无束缚，夜来安宿芦花间。

五灯湖畔，芦苇随风，芦花摇曳，远望客栈，原味乡村。

客栈中式格调，门厅、大堂、庭院、客房随处可见芦花元素。门厅大堂浅黄色系列，墙面、地面、顶棚在暖暖的灯笼形垂灯的照耀

芦花宿

下,呈现家的温馨,芦花花插随处成景,禅意浓郁。

客房内,后墙用竹与麻编织成整片暖色景墙,四个圆形芦花剪映镶嵌其间,点明了客栈主题。

"芦花"共有三十六间客房,其中二十六间标准间,八间大床房,两间家庭房。

14. 无门关

"无门关"毗邻"芦花宿",大道无门,千差有路;透得此关,乾坤独步。

以苦参"无"字话头开悟的慧开禅师,深得六祖慧能大师"无念、无相、无住"的思想要旨，写下了千古名句："春有百花秋有月，夏有凉风冬有雪。若无闲事挂心头，便是人间好时节。"

生命的每个瞬间都是全新的，万物万事更是鲜活的、陌生的、未知的、神秘的。修行讲求适应环境，融入当下，不带任何心情去体悟当下。

客栈以"门"为禅宗话头，门厅里、餐厅内、庭院间装饰了各式各样的门。是门，也不似门，进进出出、虚虚实实，幻化出各种无形却有意、有形却无实的门。

客栈大堂吧台后墙由五颜六色、大大小小的门镶拼而成，家具、墙面、墙地面清一色素颜，形成强烈的视觉冲击，庭院内点缀着几扇老木门，与枯山水园林搭配，相映成趣，别具禅意。

吴晓波先生偶来"无门关"，闲居问禅，悟大道有门，识乾坤独步。

"无门关"共计四十五间客房，其中九间标准间，三十二间大床房，四间家庭房。

15. 门前一棵松

"门前一棵松"相邻"芦花宿"，出自南泉普愿："夜来好风，吹折门前一棵松。"

总以为客栈门口必有一棵参天古松，其实不然，主入口前的松树矮小而不显眼，次入口的松树反而相对高大，倒是内院的罗汉松苍劲有力，独树成景。

何为得，谁是失？风起松落，松归自然。

世间变幻万千，芸芸众生常被外境影响，转生无名妄想，而失去了心性本真。

客栈中式风格，大堂深褐色主体色调，门窗、家具均为原木色，简约又稳重。

庭院内，碎石石笼矮墙分隔空间，红枫、青枫、翠竹、苔藓点缀其间，衬托主松。阳光倾泻回廊，产生斑驳陆离的光影，那份宁静，让人忘却过往，不觉将来。

房间床头画面十分惹眼，西洋风格的田园画打破了闭塞的空间。室内浅绿色系，与门厅大堂效果反差强烈。

松树在前门，松树在后门，松树在内院，松树在心间。

"门前一棵松"共有三十五间客房，其中二十二间标准间，九间大床房，四间家庭房，它是两家三层客栈之一。

16. 吃茶去

"无门关"东临的"吃茶去"，出自赵州禅师法语，故有茶禅一味之说。

大堂采用深色原木为主，墙面青灰色墙砖，与同色系地砖呼应。顶部造型变化的竹编灯笼，自然随形的根雕茶台、茶案、茶盏、斗笠、藤椅、竹枝等，沉浸在茶的世界，感悟着茶的生命。

房间浅绿色系列软装与深棕色家具、线条相映衬，三顶茶农斗笠装饰后墙，传统中泛着野趣。

好茶易得，雅舍难求。看倦了世间纷扰，不妨在"吃茶去"住下来，穿透茶的香气、滋味、色泽、气韵，闲看山水云起，修一颗拈花湾独有的闲心。

"吃茶去"共有五十三间客房，其中十四间标准间，三十三间大床房，六间家庭房。

17. 半窗疏影

"半窗疏影"临溪而筑，禅云："一杯晴雪早茶香，午睡初醒春昼长。拶著通身俱是眼，半窗疏影转斜阳。"

大堂采用古典雕花木格窗，阳光映照深色原木家具，留下斑驳剪影。

庭院内青枫、香竹、青苔、桌椅各得其所，浓浓中式风味。

客房内落地大窗，深色木地板，后墙深棕色景窗，将浅色主卧，映衬得古色古香，典雅高贵。

在这里，放松休息，自然苏醒，斜阳晚照，时光的剪影梦幻般地照进室内，映入心田。

我在半窗等你。

"半窗疏影"共计二十间客房，其中十四间标准间，四间大床房，两间家庭房。

18. 一轮明月

"一轮明月"临禅乐街而筑。《嘉泰普灯录》有云："千山同一月,万户尽皆春。千江有水千江月,万里无云万里天。"

月如佛性,人如千江,江不分大小,有水即有月,人不分高下,有人便有佛性。

静谧大堂内,灰白色墙地面配深色木饰面、浅木色中式家具,低调素雅。餐厅内,四幅满月形禅画,与青灰色背景墙形成剪映。

庭院内枯山水布局,山石点缀,草木葱茏,静坐院内,等凉风吹来,待月色映照。

客房里,月上床头,凝成了画。

"一轮明月"共计十六间客房,其中十一间标准房,四间大床房,一间家庭房。

19. 圆融堂

"圆融堂"正对"醉春芳",事理万法,融通无碍,无二无别,犹如水波,谓为圆融。

客栈大堂深色线条与浅色地面、墙体相配,家具器形简单,屏风、木格栅景窗方方正正,流畅舒展,造型新颖的纸质灯笼丰富了空间层次,增添了几分禅意。

庭院以黑白两色,将场地分格成矩形,青苔、景石、松树、静水、汀步、卵石等元素点缀其间,衬托其核心区——藤材座椅休息区。

客房以线条与块面共存,家具一方一圆,色彩一冷一暖。

"圆融堂"共计四十五间客房，其中二十九间标准间，十二间大床房，四间家庭房。

20. 方寸间

禅乐街最小的客栈是"方寸间"，人世间最灵妙之所亦在方寸间。

客栈以心为"宗"，将小巧的客栈做得精致丰满，创造出小而空灵的禅意空间。

大堂基调素雅，深色家具点缀，空间小而空灵，细微之处耐人

方寸间

寻味。

到"方寸间"来，享受精致简约的时尚生活，小中见真情，小中见品味，小中见丰富。

"方寸间"共计十四间客房，其中十一间大床房，三间家庭房。

21. 云半间

"云半间"东邻微笑广场，志芝法师云："千峰顶上一间屋，老僧半间云半间。昨夜云随风雨去，到头不似老僧闲。"

大堂别出心裁地增设了厨房和餐厅功能区，方便小型团队的游客使用，白、灰、浅橡木色构成空间色彩。简餐区桌椅布置让人想起学生餐厅，三只云朵状的灯笼，宛如孩提时代编织的纸工。休息区围成一圈的浅色布艺沙发，以蓝天、白云、草地为题材的主景墙装饰画，像极了一起插队、支边时的集体生活场景。

庭院不大，木构廊架下的半室外空间颇具新意，原始粗犷的实木配以藤绳桌椅，充满野趣。

客房装饰另类特别，以顶棚吊顶中央为界，蓝白两色由顶面蔓延到墙面，与客栈主题呼应。

"云半间"共计二十八间客房，其中十间标准间，十间四人间，八间六人间。

22. 荣枯山房

"云岩寂寂无窠臼,灿烂宗风是道吾。深信高僧知此意,闲行闲坐任荣枯。"

"半窗疏影"对门的"荣枯山房",两面临溪,取意"枯者由它枯,荣者任它荣"。

客栈入口颇具装饰感,打磨光滑的老红砖砌成半人高景墙,分列大门两侧,让人有迈入山间老宅之感。前厅和中庭内院充分运用"土、木、砖、瓦、石"等最质朴的建筑材料构架空间。大堂内斑驳的地砖,抛光上釉的红砖接待吧台,干枯的荷叶、芦花花插,看似拙朴,实则匠心。

客房采用深色老家具,与白色墙面搭配,庭院里重复着数片红砖墙,树形原木长椅围合成自然风味的茶歇休闲区。

闲坐于此,四季流转,荣枯由他,禅心不歇。

"荣枯山房"共计二十六间客房,其中十八间标准间,四间大床房,四间家庭房。

23. 醉春芳

"醉春芳"据说是女性游客的最爱,又说是旗袍女士的乐园,"结春芳以崇佩,折若华以翳日。"

春有百花秋有月,夏有凉风冬有雪,人生常常贪恋于过往的美好,恰恰忽略了当下的本真。

客栈庭院内藏着拈花湾最早盛开的鲜花——红梅树。

大堂与中庭间,梅花图案饰面的绿色落地玻璃格子门窗,若隐若现,再现"绿窗映红梅"主题。

浅绿色的餐厅墙面,餐桌上方精制的锡绣锦扇阵列,暖光之下斑驳陆离,绿意盎然。

人生倏忽之间,会错过诸多美景,只有禅心淡定,总有春芳秋华在等待着你。

"醉春芳"共计二十七间客房,其中二十间标准房,六间大床房,一间家庭房。

24. 松风十里

拈花湾最大客栈是"松风十里","万事无如退步人,孤云野鹤自由身。松风十里时来往,笑揖峰头月一轮。"

禅悦,身心自在,非自外来,人世之苦,处处牵绊,纵腰缠万贯、珠玉加身亦难得自在,若海阔天空,拥春风十里,当无争无执,作退一步想。

庭园枯山水,深灰色卵石干铺如溪,白色花岗岩汀步,青苔微坡取边并植以松树等景观树木,主景为白色满月形月洞景墙,简练而不失细腻,如镜中观月。

客房后墙大片灰白底色喷绘蒲公英飞舞图案,几柄蒲扇点缀,营造清风拂来意象。

"松风十里"共有六十六间客房,其中四十八间标准间,十间大床房，八间家庭房。

25. 坐看云起

"坐看云起"位于拈花湾的最东南，"行到水穷处，坐看云起时。"

云白色为客栈主基调，白色木格栅玻璃门和白色外墙与深灰色坡瓦屋顶形成鲜明对比。大堂餐厅等部位整体刷成白色，墙上圆形装饰画以织物表现云朵，自由闲散，有形无迹，顶部浮云状异形玻璃吊灯尤为醒目，配原木色家具和蓝灰色软包装，典雅、清新、大气。

客房亦为白色基调，配以蓝灰色窗帘和白云状后墙装饰物，洁白、宁静。

庭院布置更是简单、直白，白色月洞景墙配绿色苔藓、松树等绿植，深灰色卵石干铺地面，灰、白、绿三原色构园，身处其间，仰望天际，如行云般舒心快意。

"坐看云起"共计五十间客房，其中四十一间标准间，四间大床房，四间家庭房，一间套房。它是两家三层客栈之一。

26. 云水间

"云水间"栖拈花湖，坐拥远山、近湖江南山水。它是贯穿西部"半山衔日"、中部"花开五叶"以及东部"微笑广场"三个主题景观的重要驿站，也是占地最大的精品民宿。

客栈坐落于天然生态湿地间，以太湖渔民生活场景为模本，再现丰富灵动的渔家生活场景和自然山水。

客栈屋顶别出心裁地采用最原始的茅草材料，古朴、自然。大堂内错落斑驳的条木饰面，岁月浸润的船型吧台，用缆绳悬于梁下的汽油灯，吧台后墙夸张的鱼篓造型，恰似丰收归航的渔家场景。

餐厅延续着船木色调，配以竹网吊灯等动感十足的渔具家什，点缀蓝色椅垫，更显灵动古朴。

婚礼殿堂是云水间的浓墨重彩，夸张的木格栅坡顶下，贯穿整个大厅的竹编龙形吊灯，蜿蜒延伸，照亮着幸福的未来。

客房空间宽敞明亮，大床前的落地窗，将满满的风景收入眼中。屋脊中央，奇特的鱼篓造型吊灯凌空垂下，层层叠叠，趣味无限。

甲板、船桨、缆绳、油灯、渔网、鱼篓这些鲜活的渔具，经过艺术加工创造，演绎成一件件生动艺术品，展现出一幅渔歌唱晚、悠然自得的诗意生活。

"云水间"总计二十七间客房，其中八间标准间，十九间大床房。

27. 平常居

"平常居"是拈花湾最南部的客栈，三面环水，一面与浣月山房相连，宛如置身于半岛之中，和风禅韵，"一眼一禅意，一步一天

平常居

地。枯山隐瘦水,却道不平常。"

大堂浅色原木装饰充分体现和式建筑的装饰风格,大色块的布艺沙发,素雅柔和的顶棚光线处理,宽敞明亮的细竹格栅玻璃窗,让中庭园林景观最大限度地渗透室内。

位于小巷对面的日式料理餐厅取名"浣月山房",单独对外营业兼作"平常居"餐厅配套,室内四壁采用原木色装饰板,与地面顶部联成整体,纯正的日式榻榻米风格。

客房采用木框线、和纸、草编等材料,房间搭配宽大景窗,营造出温和平实的卧室氛围,"和风系列"中点缀青白或红蓝色软包装,细微之处流露匠心禅意。

平常居依照日式枯山水风格整体打造,竹篱笆、青苔、白砂、迭落水景以及形态各异的青枫、红枫、樱花、绣球等组合禅院,前院的樱花、中院的绣球花与后院的红枫各胜其美。

"平常居"共计二十五间客房,其中十六间标准间,八间大床房,一间家庭房。

旅游攻略:无锡市滨湖区环山西路68号,无锡市火车站88路转马山耿湾线公交车可达。

图书在版编目（CIP）数据

无锡旅情 / 徐诚东，徐辉强著. -- 南京：江苏凤凰文艺出版社，2021.10（2021.1重印）
ISBN 978-7-5594-6135-3

Ⅰ.①无… Ⅱ.①徐… ②徐… Ⅲ.①散文集－中国－当代 Ⅳ.① I267

中国版本图书馆 CIP 数据核字（2021）第 141339 号

无锡旅情

徐诚东 徐辉强 著

出 版 人	张在健
责 任 编 辑	张 黎 姜业雨
课 题 指 导	齐 凯
部分图片提供	王晓东 紫 衣 小石头
装 帧 设 计	薛顾璨
出 版 发 行	江苏凤凰文艺出版社
	南京市中央路 165 号，邮编：210009
网 址	http://www.jswenyi.com
印 刷	阳谷毕升印务有限公司
开 本	880 毫米 ×1230 毫米 1/32
印 张	7.5
字 数	150 千字
版 次	2021 年 10 月第 1 版
印 次	2022 年 1 月第 3 次印刷
书 号	ISBN 978-7-5594-6135-3
定 价	59.00 元

江苏凤凰文艺版图书凡印刷、装订错误，可向出版社调换，联系电话 025－83280257